诺贝尔文学奖 Nobel laureates in Literature 作品精选 插图版

原来如此的故事

〔英〕鲁德亚德·吉卜林／著
王晓敏／编译

海豚出版社
DOLPHIN BOOKS
CICG 中国国际传播集团

图书在版编目（CIP）数据

原来如此的故事 /（英）鲁德亚德·吉卜林著 ; 王晓敏编译. -- 北京 : 海豚出版社, 2025. 6. --（诺贝尔文学奖作品精选）. -- ISBN 978-7-5110-7306-8

Ⅰ. I561.88

中国国家版本馆 CIP 数据核字第 2025FV9079 号

原来如此的故事

（英）鲁德亚德·吉卜林 **著** 王晓敏 **编译**

出 版 人 王 磊
责任编辑 熊 隽
文字编辑 台文娟
特约编辑 许秋玲
封面设计 宋双成 顾翔宇
责任印制 蔡 丽
法律顾问 北京市君泽君律师事务所 马慧娟 刘爱珍
出　　版 海豚出版社
地　　址 北京市西城区百万庄大街24号
邮　　编 100037
电　　话 010-68325006（销售） 010-68996147（总编室）
印　　刷 天津泰宇印务有限公司
经　　销 全国新华书店及各大网络书店
开　　本 710 mm×1000 mm 1/16
印　　张 11
字　　数 125千
版　　次 2025年6月第1版 2025年6月第1次印刷
标准书号 ISBN 978-7-5110-7306-8
定　　价 39.80元

开篇语

荣获诺贝尔文学奖的英国文学巨匠约瑟夫·鲁德亚德·吉卜林怀着对已故爱女的深切怀念，将哲理感悟与无限创意巧妙地融入她生前频繁提出的多个问题中，精心创作了一部包含十四个章节的著作——《原来如此的故事》。

当你轻轻翻开这本书，瞬间就会被其独特的魅力深深吸引。在吉卜林笔下，那些日常生活中平平无奇的事物被赋予了新的生命，焕发出前所未有的光彩。你将惊奇地发现，那些看似平常的现象，竟可以被如此精妙绝伦地解释。成年人或许已对世间万物司空见惯，但正在成长的孩子却总是渴望探索“为什么”和“怎么样”，对世界充满了无尽的好奇。

面对孩子连珠炮般的问题，家长们各有应对之道：有的用简单直白的话语解释这是大自然的恩赐、宇宙的奥秘；有的则在孩子的追问下感到无从应对，只好温柔地安慰：“等你长大，自然会明白”；还有些家长会选择用其他游戏或活动来转移孩子的注意力，以求暂时的宁静。

那么，如何在满足孩子无尽好奇心的同时，让他们享受探索的乐趣呢？《原来如此的故事》给出了完美的答案。它不仅是一本妙趣横生的童话集，更是开启孩子心智、激发想象力的宝库。童话作为一种文学形式，通过丰富的想象与夸张的表现手法，为我们熟悉的动植物赋予"人性"，使之拥有复杂的情感，展现出喜怒哀乐等情绪，乐观、大方、坚强、软弱等性格，从而让自然界变得更加生动鲜活。

传统童话往往通过"善良"与"邪恶"、"好人"与"坏人"的简单对立来展开，《原来如此的故事》则摒弃了这种简单的写法，以更加有趣、全面的视角为孩子们描绘了一个多姿多彩的童话世界。它寓教于乐，不仅让孩子们在阅读中感受到快乐，还能培养他们的优秀品格，帮助他们认识到这个世界的奇妙和多元。

《鲸的喉咙为什么那么细》告诉孩子们，鲸因为贪心，只能以小鱼小虾为食。在这个趣味盎然的故事中，孩子们了解了鲸的喉咙细这一生物特性，意识到贪心会带来恶果。

《骆驼为什么会长驼峰》则讲述了懒惰、拖拉的骆驼因为耽误了工作而受到了惩罚。这个故事让孩子们明白了勤劳的重要性，也提醒他们不要养成"明日复明日"的坏习惯。

《犀牛的皮为什么带褶皱》讲述了犀牛撞翻并吃掉了帕西人的蛋糕后毫无道歉之意，因此遭到了帕西人的报复，原本光滑的皮肤变得皱皱巴巴。这个故事让孩子们懂得了礼貌与尊重他人的重要性。

《豹子身上为什么会有花斑》以一群生活在高地草原上的动物为主角，讲述了它们因环境威胁而选择迁徙，在新环境中适应并演化的过程。

这个故事让孩子们明白了要学会在变化中寻求生存和发展。

《大象的鼻子为什么那么长》里的小象因自己与众不同的长鼻子而感到自卑和伤感，它与那些寻找自身价值、寻求外界认可的孩子颇为相似。

《袋鼠为什么跳着走路》中的袋鼠因为自己的傲慢无礼和自满，不断地要求巫师们给它施加魔法。它没有意识到自己的行为是多么的无礼和可笑，同时也因为这些行为，引来了野狗丁戈的追逐，差点儿丧命。

…………

《原来如此的故事》让孩子们在阅读中思考，在故事中成长，还能为大人提供心灵的慰藉和启迪，是一部不限年龄、值得反复品读的佳作。全书语言生动、情节有趣、哲理丰富，至今仍是广受欢迎的儿童文学作品之一。

目录 Contents

第一章 鲸的喉咙为什么那么细

1

很久以前，海里生活着一条活泼可爱的小鱼，它最喜欢在大海里东游西逛，调皮捣蛋。它还经常捉弄其他的鱼儿，在它们火冒三丈的时候笑嘻嘻地溜走。“在这片广阔无垠的大海中，恐怕没有哪条鱼儿比我更聪明！”小鱼经常会这样想。直到有一天，它无意中遇到了海洋的霸主——鲸。

鲸是海洋里体形最庞大的生物，它主宰着海洋里的一切。与此同时，它还是一个不折不扣的大胃王，只要是出现在海洋里的生物，都有可能成为鲸的食物，包括海星、比目鱼、螃蟹……当然，还包括最普通的小鱼。一旦被鲸盯上，就连足智多谋的鳗鱼和身躯庞大的鳐鱼也很难逃生。

在看到鲸的一刹那，小鱼被吓得魂飞魄散。它虽然很喜欢捉弄别人，却从来没有想过要招惹这个大块头！小鱼想趁着鲸不注意偷偷溜走，但是已经迟了，鲸径直冲着它游了过来。这可怎么办？难道自己今天也会被吃掉吗？它可不愿坐以待毙，于是很快想出了脱身的办法。尽管鲸身躯庞大，力大无比，但也非常笨拙。小鱼哧溜一下游到了鲸的耳朵后面，小心翼翼地藏了起来。尽管鲸感知到了它的存在，但始终未能成功捉到它。

鲸尝试了无数次，可是小鱼的动作比它灵活得多。最后，鲸只能喘着粗气说道："好吧，好吧！我认输啦。你不愿意成为我的食物，那么能不能帮我找点儿其他的食物来呢？我快要饿死了！"

小鱼紧紧地贴在鲸的耳朵后面，一点儿不敢放松警惕。听到鲸的问话，它小心翼翼地回答道："我可以帮您找到食物，只是不知道您能不能吃得到。鲸先生，您吃过人类吗？"

"人类？没吃过。"鲸说，"那是什么好吃的东西吗？我从来都没有听说过！"

"这您就不知道了，人类简直是世界上最美味的食物！"小鱼赶快说道，"您吃鱼的时候，不会觉得鱼鳞滑腻腻、冷冰冰吗？很多时候，鱼肉还会带着一股腥味呢！但是吃人类就完全不会有这种困扰。如果您能咽得下去，那无疑是最棒的食物！"

"在这个世界上，还没有什么东西是我咽不下去的！"鲸粗声粗气地说，"那你就给我找几个人类吧！记住，要快一点儿！"

"可我只是一条小鱼，只有强大的您，才能战胜人类啊！我敢保证，肯定没有一个人类能逃脱您的追捕！您只需要抓住一个人类，一整天都不需要再为食物发愁了！"小鱼机智地说，"据我所知，在北纬50度、西经40度的地方正好有人类出现。您现在赶过去，肯定能看到！

人类不擅长游泳，他们一般会乘船出海。在船上工作的人被称为水手。他们穿着蓝色的水手服，裤子口袋里往往藏着折刀。您要小心啊！人类都是非常聪明的，想要吃掉他们，恐怕不是件容易的事。”

“哼！我会害怕区区人类吗？”鲸不耐烦地说，“好吧，那我就去找找这些人类。在我动身之前，你还有什么要对我说的吗？”

“噢，是的。”小鱼说，“水手穿的裤子上有两条背带，请您记住这一点。”

2

鲸朝着北纬 50 度、西经 40 度的方向游去。不一会儿就看到了海面上漂着一只小木筏。鲸仔细地看了看，看到一个身穿蓝色水手服、裤子上有两条背带、手里还把玩着一把折刀的人。没错，他就是小鱼所说的人类！

鲸牢牢记着小鱼的提醒，没有贸然行动，而是悄悄地观察了一会儿水手。但是这个水手看起来根本没有威胁，他从早到晚一直坐在木筏上发呆，不时向远方眺望，偶尔会用脚尖挑起朵朵浪花。这种不起眼的人类，有什么值得担心的？鲸满不在乎地游了过去，张开了血盆大口，啊呜一声将水手和他的木筏一口吞进了肚子里。

鲸对自己的勇猛果决感到非常满意，自豪地在水中转了两个圈，然后一头沉入了海底。人类是一种了不起的生物吗？看来完全不是这

么回事！至少他们遇见它时，毫无还手之力！

但是鲸很快便会发现，事情并非如此简单。

聪明勇敢的水手先生被鲸一口吞进了肚子里，但他并没有惊慌失措，而是认真观察鲸体内的结构，很快就想出了一个脱困的办法。他昂首阔步地在鲸漆黑而巨大的肚子里行走，一边走一边放声歌唱，时不时还翻个筋斗、打个滚儿。等他唱累了，就用力地抡起木棍，“砰、砰、砰”地击打着鲸的肚子内部。鲸痛得“哎哟、哎哟”地大叫起来，在海底挣扎着游来游去，好不容易找到了小鱼，连忙对它说：“你说得一点儿都没错，我的朋友，人类这种东西真难对付。我将那个水手吞进肚子里，他就在里面闹腾，让我不断打嗝，肚子疼得要命。我得想个办法把他吐出来，你快帮帮我吧！”

“您为什么不亲自与他商量呢？”小鱼似乎一点儿都不担心，它正绕着鲸欢快地游来游去呢。

“快出来吧，水手先生，我真受不了了！”鲸可怜巴巴地哀求着。它的声音响亮到足以让肚子里的水手听得清清楚楚，但是水手根本不愿意出去。他就地躺了下来，还跷起了二郎腿。

“我现在不愿意出去。”水手懒洋洋地说，“除非你将我送回英格兰的白色峭壁，送到我母亲的家门口。”

对于水手来说，这可是个千载难逢的好机会。自从他的船只在一场暴风雨中失事，他在茫茫大海上漂泊了许久，木筏上的食物和水也日渐匮乏。如今意外遇到这个免费的“坐骑”，他可不会轻易放手。

说完这番话，水手又在鲸肚子里打了个滚儿，开始拳打脚踢起来。

鲸“哎哟、哎哟”地叫着，难受得不知道该怎么办才好。

“如果您愿意听我的，”小鱼游过来，小声给鲸出主意，“您就送他回去吧！和人类作对可不是一个明智的选择，尤其是如此聪明的人类。”

鲸无计可施，只好忍着肚子里的疼痛，用尾巴在水面奋力一拍，开始全速游弋。他必须尽快找到英格兰的白色峭壁，才能送走肚子里的水手！

3

尽管鲸有着出类拔萃的游泳速度，它还是花了很长时间才找到英格兰的白色峭壁。它气喘吁吁地停在白色峭壁前，大声恳求着水手：“喂！我们已经到达白色峭壁了，请你快从我的肚子里出来吧！这趟旅程到此结束。如果你还想去英格兰南部的温切斯特、美国的纳舒厄或基恩，我可就帮不了你啦！不过我建议你去费奇堡铁路车站看看，那儿肯定能找到愿意帮助你的人！”鲸张大了嘴巴，等待着水手出来。

此时，鲸对水手在它肚子里的所作所为一无所知。水手用随身携带的折刀将木筏劈成了又细又长的木条，又拆下了裤子上的两条背带当作绳子，将木条一根根交叉绑紧，做成了一个巨大的方格栅栏——他的智商在爱尔兰人中可是数一数二的。接着，水手将那个方格栅栏紧紧地卡在了鲸的喉咙里。他一边忙活，一边哼着轻快的小曲儿。歌词是这样的：

方格栅栏卡喉中，
从此吃人路不通。
一首歌谣提醒你，
作恶再难逞威风。

其间，水手完全不理会鲸的催促。直到鲸第三遍恳求他的时候，水手才不紧不慢地回应："我这就出来了，你着什么急呀？"接着，他跳出鲸的嘴巴，沿着白色峭壁前的鹅卵石小路奔跑起来。不一会儿，就回到了家里，回到了母亲身边。母亲惊讶地问："咦？你裤子上的两条背带怎么不见了？"水手只是嘻嘻笑着，并不回答。他当然不会告诉母亲自己从鲸口逃生的经历，以及如何成功地给了那头贪吃的鲸一个惨痛的教训。后来，水手过上了平和安定的日子。他还娶了当地一位善良美丽的姑娘为妻，婚后的生活十分幸福。

而那头鲸呢？它被喉咙里的方格栅栏折磨得痛苦不堪，既不能咽下那坚硬的木条，也无法将其吐出。只好一直张着嘴，保持着这个奇怪的姿势。它再也不能随意吞食人类和其他鱼类了，只能等迷失方向的小鱼游进方格栅栏的空隙里，以此勉强填饱肚子。这也是现在的鲸不吃人的原因。

至于那条机灵的小鱼，它担心吃了亏的鲸会将怒气发泄在自己身上，因此早早地游出了这片海域，游去了赤道附近的淤泥地带，在那里过上了安逸舒适的生活。

狂风怒号，波涛汹涌，船只在巨浪中如履薄冰，

大海无垠，苍茫一片，尽头似乎遥不可及。

突然一声巨响，震撼天际，

船身剧烈摇晃，令人心惊胆战。

侍者在慌乱中不慎跌倒，

行李散落一地，无人前来整理，

女佣紧紧抱住头部，藏身于阴暗的角落，

恐惧之情，如同潮水般汹涌难抑。

妈妈误将这场灾难当成你的恶作剧，

轻声细语，劝你早些入眠，

而你安然躺在温暖的床上，心中无忧，

梦中不知海上的风浪正在肆虐。

现在你应该已经明了，

我们正航行在北纬 50 度、西经 40 度的海域！

第二章 骆驼为什么会长驼峰

1

在很久以前，人类社会的秩序刚刚形成，所有动物都需要通过协助人类劳作来获取所需的食物。很快，马、狗、牛等动物都成了人类忠诚的朋友，但是有些动物生性厌恶劳作，比如说我们故事的主角——一头来自嚎叫沙漠的骆驼。

这头骆驼平时最喜欢做的事情就是睡觉，总是一觉睡到日上三竿，才懒洋洋地睁开眼睛，起床外出闲逛。它既不喜欢太过炽烈的阳光，也不喜欢太过猛烈的风沙。即使出门也待不了一会儿，便结束闲逛，溜回家里补觉了。有时，动物们也会劝说骆驼："你这样下去可怎么行呢？"可骆驼只会漫不经心地翻翻眼皮，发出一声不屑的"哼"。

所以，在其他动物结束工作、尽情享受人类提供的食物时，只有骆驼一无所获。它只能独自在嚎叫沙漠中觅食，通过啃食那些生长在野外的荆棘和仙人掌充饥。

星期一的清晨，太阳暖洋洋地照着大地，马儿开始了新一天的工作。它背上自己的马鞍，戴上全套的马嚼子，离开了家门。忽然，它想起了自己的好朋友骆驼："骆驼这样好吃懒做可不行，总有一天它会饿死的。作为朋友，我必须督促它好好工作才行！"

于是，马儿走到了骆驼家门口，"咚、咚、咚"敲响了它的家门，叫道："骆驼，骆驼！太阳已经升起来了，我们结伴去工作，好吗？"

"哼！"骆驼懒洋洋地打了个响鼻儿，不情不愿地走出了家门。工作？它才不乐意呢！它慢悠悠地走到一块空地上趴下，哼哼唧唧地说："我太累了，让我歇一会儿再工作吧。"说完，它在阳光下惬意地合上了眼皮。马儿信以为真，说道："那我先去忙我的事情了，你记得快点儿过来啊！"说完，马儿开始了一天的工作，为人类搬运东西、拉车，忙得满头大汗。好不容易完成了自己的工作，马儿又匆匆忙忙赶去完成骆驼的工作。可是直到太阳偏西，骆驼依然没有起身工作的意思。

"骆驼！你已经睡了整整一天了！难道你不记得了吗？我们是专程来工作的！"马儿气恼地喊道。

骆驼打了个大大的哈欠，爬起身来，看了看即将落山的太阳，满不在乎地朝着家的方向走去。临走前，它瞥了一眼愤愤不平的马儿，从鼻腔里发出了一声："哼！"

马儿既生气又担心。它觉得必须设法帮一帮骆驼。于是，它将今天发生的所有事情都告诉了人类。

第二天一早，骆驼的家门前迎来了新访客。一只蹦蹦跳跳的小狗汪汪叫着，敲响了它的家门。

"骆驼，骆驼！今天有不少东西需要搬运，大家都等着你去帮忙呢！”

骆驼打开家门走了出来，可它根本没有多看小狗一眼，也不愿意回应小狗热情的邀请。小狗绕着它跑来跑去，可骆驼呢？它径直走到了门前的草地上，趴下来开始睡回笼觉。搬运东西，这跟它有什么关系呢？

眼看时间来不及了，小狗只好独自搬完了所有东西。它气呼呼地冲到骆驼面前，嚷嚷道：“你为什么从来都不和大家一起工作呢，骆驼？”可是，骆驼对小狗的指责充耳不闻，它晒够了太阳，站起来打算回家休息。临走前还向小狗丢下一声：“哼！”

2

当天晚上，闷闷不乐的小狗向人类汇报了骆驼的所有情况。人类思索了一会儿，并没有说什么。

第三天，老牛前来拜访骆驼。它拉着沉重的木犁，这是耕地必备的农具。它敲了敲骆驼家的门，用低沉而温和的声音叫着骆驼的名字：“骆驼，又到了犁地耕种的时候啦！你愿不愿意和我们一起去田野里呢？”

这一次，骆驼连家门都不愿意打开了。犁地，听起来就是件苦差事，它可不愿意做！骆驼隔着门冲老牛叫道：“哼！”

在此之前，马儿和小狗已经将骆驼的恶劣行径告诉了老牛，连马儿和小狗都无法督促骆驼认真工作，它就更不知道该怎么办了。于是，老牛叹了一口气，拖着沉重的木犁返回了田野，老牛不仅完成了自己的工作，还完成了骆驼的工作，连一声抱怨也没有。

当晚，人类看到耕耘过的田野，询问老牛："这是骆驼和你一起完成的吗？还是你一个人的功劳？"老牛唉声叹气，只好将实情说了出来。马儿和小狗也纷纷跑了过来，抱怨骆驼的懒惰。

人类摇了摇头，说道："根据目前的社会秩序，所有的动物都应该参与工作、生产粮食，以此获得食物。骆驼什么都不愿意做，这是不对的。如果它一直这么好吃懒做下去，你们就必须分担它的工作了。我知道这对你们来说有些不公平，可是我也没有其他的办法。"

马儿、小狗和老牛听了这番话，都气得不得了。它们凭什么要对骆驼的懒惰负责呢？不行，必须要想个办法出来！它们急忙聚集到沙漠边，你一言我一语地商讨着这件事。

"骆驼实在是太过分了！我看，它根本就是故意的。它看准了秩序刚刚形成，所以才钻这样的空子！"马儿气愤地说。

"我们快想想其他办法吧！到目前为止，我们谁都没能让骆驼外出干活儿，明天决不能这样了。"小狗汪汪叫着。

"唉，照我说，我们最好再和人类谈一谈……"老牛深深地叹了一口气。

就在这时，旁边忽然传来了一声嗤笑。大家都吓了一跳，回过头去才发现是骆驼。骆驼来到沙漠边找仙人掌吃，已经悄悄在旁边听了好一会儿了。马儿、小狗和老牛都有些生气，正要和骆驼理论一番。

骆驼却满不在乎地“哼”了一声，转身走了。其他动物气得面面相觑，却拿它一点儿办法都没有。

3

骆驼刚一离开，沙漠里就刮起了暴风。风声呼啸，沙砾被吹得到处都是。马儿、小狗和老牛纷纷仓皇地躲避着风沙，一时间非常狼狈。等风沙渐渐平息的时候，它们看到沙漠深处走出来一个人影。动物们一眼就认出来了，那是令人敬仰的沙漠之神——吉恩！

“尊敬的沙漠之神，请您告诉我——”马儿向吉恩深深地低下了头，恭敬地说，“这个世界的秩序难道是可以随意改变的吗？如果所有的动物都在辛勤工作，只有某一种动物游手好闲、四处游逛，这样的行为是被允许的吗？”

“这样的行为是不被允许的，世界的秩序也不可以随意改变。”吉恩坚定地说，“告诉我，你为什么会有这样的疑问？”

“因为在我们的身边就有这样一位令人头疼的朋友。”马儿不满地说，“当我们都在辛勤工作的时候，它却懒洋洋地趴在地上睡觉。它虽然身体健壮、力大无穷，却从来不愿意帮我们一把！大家为它着想，经常帮它完成日常工作。但是当我们规劝它的时候，它却总是冲我们翻白眼儿，发出‘哼’的声音，别提多可恶了！更让我们生气的是，人类居然决定让我们分担它的工作！您评评理，这是不是对我们不公平？”

“汪汪，就是这样！”小狗也嚷了起来，“我们连续几天去邀请它一起工作，它都没有理睬我们！”

吉恩眉头紧皱，忧心忡忡地说：“根据你们的描述，我猜这懒惰的动物是来自嚎叫沙漠的骆驼。我原本对它寄予厚望，为什么会这样呢？请你们告诉我，它是如何对待你们的。”

“星期二一大早，我就去敲它家的门，想让它跟我一起搬东西。”小狗愤愤不平地说，“可是它呢？它对我‘哼’了声后，趴在草地上晒了一天太阳！最后，我自己搬完了所有的东西！”

“它没有向你解释为什么不愿意去吗？”吉恩问道。

“它只‘哼’了声，没有给出任何解释。”老牛叹了口气，“我邀请它去耕地的时候，它也是这样的，甚至不愿意打开家门。”

“我真抱歉，朋友们。我并不知道骆驼会这样无礼地对待你们。”吉恩非常理解动物们的不满，他保证一定会解决这件事，“我会说服骆驼好好工作，让它再也不会对你们‘哼’。就算它想，也只能对自己‘哼’。”

马儿、小狗和老牛点了点头，感谢吉恩愿意处理这件事。

大风呼呼地吹起了沙砾，吉恩在风沙中飞了起来，在广袤的沙漠里搜寻那只偷懒的骆驼。很快，吉恩就发现了骆驼的身影，它正漫步在水池边，一边喝水，一边对着水面照镜子呢。

“骆驼，原来你在这里。”吉恩平息了风沙，落在骆驼的面前，“其他动物告诉我，你从来都不参与工作，这是为什么呢？”

“哼！”面对沙漠之神吉恩，骆驼依然是不屑一顾的态度。

“你要知道，这样做是非常不对的，骆驼。”吉恩苦口婆心地劝说道，“你这是在破坏现有的社会秩序。所有的动物都在认认真真地工作，只有你游手好闲，这怎么能行呢？其他的动物一直在帮你分担工作，你知道吗？”

骆驼翻了个白眼儿，又“哼”了一声。显然，它一点儿都不在乎其他的动物有没有分担它的工作。它绕着水池又走了几步，欣赏着自己高大威风的倒影。

“据我所知，你已经连续三天没有参与工作了。你的同伴告诉我，你经常睡懒觉、晒太阳。你是否愿意解释一下这样做的原因呢？”吉恩继续问道，同时打量着骆驼那光滑的背部。

“哼！”骆驼撇了撇嘴，坦白来说，它只是懒得工作而已，并没有什么需要解释的。

“我最后一次郑重提醒你，我的骆驼朋友。请你立刻向其他动物道歉，主动承担分内的工作，并且再也不对别人‘哼’。要知道，这是非常不礼貌的行为。”吉恩严肃地说。

“哼！”骆驼一点儿都不害怕吉恩，再次发出了表示不屑的声音。话音刚落，它就发现倒影里的自己发生了巨大的变化。它的背部突然隆起了两个肿块，并且肿得越来越高。它被肿块压得弯下了身子，现在，它没有流畅漂亮的背部线条了，倒影里的自己弯腰驼背，仿佛驮着两个沉重的小山峰。骆驼瞠目结舌，它完全没想到吉恩会把自己变成这副丑陋的模样。它张了张嘴，却连“哼”也发不出来了。

“我必须要给你一些教训，我的骆驼朋友。”吉恩不悦地说，“如果你再继续‘哼’下去，我还会让你变得更加丑陋。从今天开始，立即和其他动物一起投入工作，知道了吗？”

“可是，可是我现在没办法工作了！我驼背的样子实在太丑了，况且我根本直不起腰。这怎么工作？”骆驼结结巴巴地说着，现在它总算是不敢对吉恩“哼”了。

“你连续三天都拒绝工作，这是你应受的惩罚。”吉恩说道，“你以为这两座小山峰一点儿用处都没有吗？并非如此。你可以在里面存储三天的食物和水，因此你能够连续三天不吃不喝地工作，其他的动物可没有这样的能力。现在，什么都不要说了，去工作吧！”

吉恩转身离去了。骆驼又在水边徘徊了一会儿。自己在水中的倒影越看越丑陋，它沮丧地叹了一口气，找到了马儿、小狗和老牛，决定和它们一起工作。

“你居然真的来了，骆驼！”马儿惊讶地叫道，“太好了，我终于不用再做那些额外的工作了！”

“汪汪，快来拉草料吧，骆驼！”小狗把草料车推了过来，“我知道你从来没有拉过草料车，如果有什么问题，随时问我们。”

马儿和小狗都注意到了骆驼背上那两座丑陋的小山峰，它们对视了一眼，便明白了这是沙漠之神对骆驼的惩罚。而老牛则在一旁摇头晃脑地唱起了歌儿：“那些懒惰的家伙呀，它们总是逃不过驼背的命运。”

骆驼垂头丧气地看了老牛一眼，什么都没有说，乖乖地拉起了草料车。此后的每一天，骆驼都和马儿、小狗和老牛一起辛勤工作，不过它的工作量始终比它们少三天。因此，它只能永远驮着背上那两座小山峰。

你知道骆驼背上小山峰一样的肿块为什么被称为“驼峰”吗？原因是骆驼不去工作，还时常发出表示不满的“哼”声，这是沙漠之神吉恩对它的惩罚。这些肿块被吉恩命名为“驼峰”（hump），与英文中“哼”（humph）发音相似，以此提醒骆驼要认真对待工作、礼貌对人。

驼峰高高背上扛，
动物园里众人赏。
懒惰之人要警醒，
驼背模样不好看。
小孩大人听我说，
锻炼劳动不可少。
背上背着一座山，
难看令人心发慌。
起床之后乱糟糟，
蓬头垢面脾气躁；
纠缠妈妈耍性子，
洗澡穿鞋真磨蹭；
皱眉嘟嘴还抖腿，
恶习全部要改掉。
找个角落先藏身，
莫让驼背找上门。

不要久坐火炉边，
翻书学习不停闲；
扛起锄头拿铁锹，
劳动冒汗才康健。
风和日丽花园里，
劳动帮你消肉包。
劳动锻炼不可少，
健康生活乐逍遥。
你我都要注意好，
不劳动来不锻炼，
小孩大人都会驼，
长个肉包真丢脸。

第三章 犀牛的皮为什么带褶皱

1

如果前往印度洋的红海，你会在海边发现一座人迹罕至的偏僻海岛。在很多年以前，它曾属于一个了不起的帕西人。

这可是一个既聪明又勇敢的帕西人，他熟悉这座荒岛上的每一片树林、每一座小山丘。闲暇时，他会在岛上四处巡查。他还有一个神奇的宝贝炉子，可以烹饪出一块块香甜诱人的蛋糕。

蛋糕是帕西人最喜欢的食物。他可以在丛林中跋涉一整天，但是回家后一定要给自己来一块热腾腾的蛋糕。一想起蛋糕那香甜的味道，他就忍不住口水直流。这天，帕西人又想吃蛋糕了。他准备好原材料，费了好大的工夫才把蛋糕做好。刚出炉的蛋糕散发着香甜的味道，雪白的糖霜和绵密的蛋糕心让人食欲大开。还等什么呢？不如立刻开始品尝这美味吧！

他刚要用折刀切蛋糕，就听见树丛里传来了急促的脚步声。咚！咚！咚！这沉重的脚步声几乎使大地都跟着震颤了起来。紧接着，一头巨大的犀牛跑了出来。它的眼睛里闪着贪婪的光芒，横冲直撞地朝着帕西人面前的蛋糕扑了过来。原来，它是被蛋糕的香味吸引来的。可是它怎么能如此蛮横地抢夺蛋糕呢？实在是太没有礼貌了，要知道，蛋糕的主人正站在旁边呢！

帕西人本想斥责犀牛的行为，但看到犀牛那副凶悍的模样，他担心自己会受到攻击，只能暂且躲避。他飞快地爬上一旁的大树，拨开树叶，从树梢里探出头来，观察着犀牛接下来的行动。

他看到犀牛用角一顶，将蛋糕顶翻在地。香喷喷的蛋糕摔在沙滩上，碎成了许多小块。犀牛得意扬扬地大快朵颐起来，角和嘴边都沾满了糖霜和奶油。树梢上的帕西人气得攥紧了拳头，却无计可施，只能眼睁睁地看着这一切。不一会儿，犀牛狼吞虎咽地吃完了蛋糕，丢下满地的残渣，扬长而去。

帕西人看着犀牛的身影消失在灌木丛中，这才慢慢地从树上爬了下来。他一边唉声叹气地打扫着食物残渣，一边不满地唱道："犀牛呀犀牛，你今天贪婪傲慢又无礼，明天帕西人一定会让你受到惩罚！"

在接下来的日子里，帕西人每次看到犀牛，都会闷闷不乐。为了惩罚这头粗鲁的犀牛，他想尽了各种办法，可是都很难实现。不过帕西人很有耐心，他只需要等待一个合适的时机。

2

五周后，红海附近持续升温，居住在这一带的居民都热得汗流浃背。许多人热得脱掉了衣服，只穿着背心短裤走来走去。岛上的帕西人也不例外，他甚至热得摘下了那顶心爱的帽子。动物也被这炎热的天气折磨得痛苦不堪，小狗吐着舌头呼哧呼哧地喘气，马儿聚集在树荫下，蔫头耷脑。犀牛也热得难受，它决定去海边洗个澡。①

犀牛有一身光滑细腻的犀牛皮。每当它要洗澡的时候，便会解开肚子下面的三颗纽扣，将一整张犀牛皮脱下来。脱下犀牛皮后，它顿时感到凉快许多，于是长舒了一口气，跳进海水里，尽情享受清凉。

这个时候，帕西人碰巧也来到海边，准备享受海水浴。可是，当他看到在水中扑腾玩水的犀牛时，便打消了下水的念头——跟这个没礼貌的坏家伙在一起，只会毁掉一整天的好心情！距离蛋糕事件已经过去整整五个星期了，这头犀牛不但没有向帕西人道歉，而且连一句“谢谢”都没说！

“真是让人讨厌，它完全不觉得自己的所作所为有多过分！”帕西人站在远处看着水里的犀牛，生气地嘟囔着。而犀牛根本没有察觉到帕西人的存在，它一会儿在水里游来游去，一会儿用鼻子在水下咕嘟咕嘟地吹泡泡，惬意极了。

“等等，我忽然想到一个好主意，可以给它一个深刻的教训……”

---

①犀牛主要生活在草原、河流沼泽和森林中，下海洗澡为本章故事设定，与真实习性不一致。

帕西人忽然灵光一闪，他眨了眨眼睛，露出一个狡黠的笑容，“没错，就这么办！”

想到这里，帕西人拔腿跑回了家，冲进了厨房，将角落里的蛋糕屑全都装进了自己的帽子里——每次烤完蛋糕后，炉子里都会留下一层厚厚的蛋糕屑。懒惰的帕西人每次都将蛋糕屑倒在厨房角落里，久而久之，就攒了这么多。

帕西人抱着满满一帽子的蛋糕屑跑回了海边，趁着犀牛不注意，偷偷拿走了它放在海边的犀牛皮，将已经变质的蛋糕屑全倒了上去。帕西人使劲揉搓着犀牛皮，使每粒蛋糕屑都嵌进了皮里，这才满意地停了下来。

“哼，现在让我看看，那头可恶的犀牛究竟会受到怎样的惩罚吧！”帕西人说着，将烤焦了的葡萄干也一并倒在犀牛皮上，然后将皮按照原样摆好，做完这一切后，溜到树丛里躲起来，等待着犀牛上岸。

3

舒舒服服地洗掉一身污垢的犀牛回到了岸上，它看都没看，直接穿上了自己的犀牛皮，系紧了肚子下面的三颗纽扣。它立刻就发现了不对劲——犀牛皮里到底有什么东西呀？好像有无数根小针，不断地扎着它！犀牛感到身上痒得不得了，到处都有小颗粒硌着它的身体，它不得不一边在地上打滚儿，一边发出痛苦的呻吟声。然而它打滚儿的力气越大，蛋糕屑对它的折磨就越严重。它跳下海，试图用冰凉的海水缓解痛痒感，但是一点儿用都没有。它又湿漉漉地爬上了岸，一头冲到大树下，用自己的身体使劲摩擦着树干。

一次次竭尽全力的摩擦，使犀牛的皮肤表面渐渐出现了一道道褶皱，原本光滑的皮肤变得粗糙无比，背部、腿部、肚子底下……全身的皮肤都是如此。即使这样，犀牛的瘙痒依然没有缓解，因为蛋糕屑已经嵌入了它的皮肤里，融为一体了。直到今天，犀牛还在忍受着蛋糕屑的折磨。如果你明白这一点，就能理解为什么犀牛长着皱巴巴的皮肤，还总是那么暴躁易怒了。

犀牛离开以后，帕西人哼着小曲儿从树丛里跳出来了，他得意扬扬地戴上自己那顶亮闪闪的帽子，心满意足地回家了。

在非洲大陆的最东端，
有座人迹罕至的小岛。
印度洋岛屿的海滩上，
粉红的海水时起时落。
埃及东北部的运河旁，
难耐的热浪阵阵袭来。
我们迎着海风沉沉睡去，
为何梦中有股香甜的味道？
原来是帕西人正在烘焙蛋糕。

第四章 豹子身上为什么会有花斑

1

你听说过“高地草原”吗？那是一片相当古怪的草原。虽然名叫草原，却没有郁郁葱葱的绿色。如果你从空中俯瞰高地草原，很可能会误以为自己来到了荒漠呢！这里遍地都是灰蒙蒙的岩石和沙砾，幸存的植物只有一丛丛枯黄野草，它们蔫头耷脑，毫无生气。

更加古怪的是，高地草原的动物们也有着黄褐色的外貌——无论是长颈鹿、斑马、羚羊还是豹子，它们无一例外地披着黄色的皮毛，只是颜色深浅略有不同。对于豹子而言，这无疑是一个巨大的优势，它可以悄无声息地潜伏在黄褐色的草丛里，等待时机，捕杀猎物。每当长颈鹿、斑马和羚羊从草丛旁边经过的时候，它们都得警惕地环顾四周，确保附近没有豹子在暗中窥探。

“如果吃草的时候突然发现了豹子的身影，简直要被吓得心脏骤停！唉，我真是不明白，造物主为什么要让豹子皮毛的颜色和草丛如此相似呢？当我们走过草丛的时候，又怎么能知道这里有没有藏着豹子呢？”斑马气呼呼地说道。

“我也这么想！”羚羊急忙说道，“今天早上，我正安安稳稳地吃着草，就听到草丛里簌簌作响，一只豹子猛地朝我冲了过来！还好我反应快，否则此刻我已成为豹子的盘中餐了！想到这件事，我还觉得心有余悸呢，要不是我跑得快……”

“要我说，比起那些可恶的猎人，豹子倒也不算什么了！”长颈鹿唉声叹气，“你们知道猎人制作的箭有多么锋利吗？他们仅凭一把弓和几支箭，便能轻易取我们性命！更可怕的是，他们的肤色也与草丛相近，实在难以分辨！”

确实，猎人非常擅长使用弓箭，他们外出打猎时，总能满载而归。长颈鹿、斑马和羚羊都对他们恐惧不已。

“在这片可怕的高地草原上，处处暗藏杀机，而我们却无处可藏！”斑马环顾四周，这里既无高大的山丘也无茂密的树木，只有低矮的草丛和贴着地面生长的灌木，以及那些随意堆叠的石块。说实话，这里并不是一个适宜居住的地方。

“我有个办法，朋友们！”长颈鹿忽然想到了什么，兴冲冲地说，“我们结伴离开高地草原吧！也许在其他地方，我们能生活得更好，不是吗？”

“对，对！”斑马和羚羊用蹄子刨着地面，兴奋地叫了起来。在过去的一段时间里，它们饱受豹子和猎人的追赶杀戮，生活得狼狈不堪，生存空间也在不断缩小。一开始，它们还居住在高地草原的中心地带，近来却不断被迫后退，逐渐接近高地草原的边缘。如果再不离开这里，恐怕它们的生命都将岌岌可危。一想到猎人的弓箭和豹子的尖牙，动物们就禁不住浑身发抖，它们异口同声地说："走！走！我们离开高地草原！"

提出这个建议的长颈鹿自然而然地成了队伍首领，它腿长、视野开阔、奔跑迅速，能够带领同伴们选择最优的路线，很快就赢得了大家的信赖。动物们日夜兼程，饿了就沿途随便吃些野草充饥，累了就露天而眠，碰到困难就互帮互助，协商解决，从不抱怨。

2

经过一段时间的长途跋涉，长颈鹿、斑马和羚羊总算离开了高地草原，来到了一片茂密的森林。这是他们从来没见过的景色，高耸入云的大树和郁郁葱葱的灌木丛随处可见，阳光透过树叶的缝隙，洒下斑驳的金光。

动物们彼此对视，都从对方的眼神里读出了欣喜与激动。从现在开始，它们不再是猎人和豹子的猎物了！它们可以尽情享用鲜嫩的树叶，无须担心草丛中潜伏着可恨的天敌了！对它们而言，这片森林无疑是天堂！它们尽情地在森林里奔跑嬉戏，感受着无与伦比的自由与畅快。渐渐地，大自然的鬼斧神工在它们身上留下了独特的印记。长颈鹿被林荫间斑驳的日光晒出了斑点，斑马身上则长出了黑白条纹，而羚羊的毛色变得更为深沉，背部还长出了树皮般的灰色纹路。

动物们惊奇地欣赏着自己，兴奋地打量着同伴，忍不住在森林里又跳又叫。太好了，从现在开始，它们也能悄无声息地隐蔽在森林里了。即使敌人听到了它们的动静，嗅到了它们的味道，也不一定能找到它们！

从此以后，长颈鹿、斑马和羚羊就过上了无忧无虑的生活，它们可以放心享受新鲜的食物，天天都吃得饱饱的，再散着步回去休息。比起从前的日子，现在的生活简直幸福得不真实！

然而，猎人和豹子的生活却从天堂跌入了地狱。他们已经连续多日未能捕获到猎物，每天都在忍饥挨饿。

“动物们都藏到哪里去了？”豹子愤怒地咆哮道，“我想吃肉！我一天也忍不了了！快想想办法吧，我的猎人朋友！”

但是，猎人也无能为力。他们只能捕捉一些老鼠和虫子勉强充饥，但这些食物根本无法满足他们的需求。他们每天都生活在痛苦之中，生活变得异常艰难。

3

豹子和猎人陷入了困境，直到有一天，狒狒巴维安出现在了他们面前。巴维安可不是一只普通的狒狒，传闻，它是整个南非最聪明的动物，拥有解答世间所有问题的能力。

“喂，巴维安！”豹子冲它嚷嚷着，“既然你这么了不起，那就请你将长颈鹿、斑马和羚羊的藏身地点告诉我们吧！要是再找不到它们，我们就要被饿死啦！”

“这可难倒我了。”巴维安摇头晃脑地说，“我根本不知道它们在哪里。”

其实，巴维安对它们的藏身之处了如指掌，只是不愿意告诉豹子而已。

猎人猜到了巴维安的想法，他想证明自己比豹子更有智慧、更尊重巴维安。于是，他恭敬地说：“亲爱的巴维安先生，如果您能告诉我那些曾经在高地草原生活的动物如今的下落，我将万分感激。”

巴维安高傲地仰起了脖子，慢悠悠地说：“那些动物已经离开高地草原了，其他的地方更适合它们。对你们来说，也是如此。”

“其他的地方？”猎人好奇地说，“具体是哪里呢？”

“世界千变万化，动植物也不例外。它们已经适应了世界变化的节奏，在另一片有着繁茂植物的土地上找到了新家。如果你们仍停留在原地，恐怕最终等待你们的只能是灭亡。”巴维安故作神秘地说，它总爱用这种方式来证明自己的与众不同。

4

豹子和猎人向巴维安道谢以后，踏上了寻找繁茂的植物的道路。根据巴维安的说法，只要找到繁茂的植物，就能找到长颈鹿、斑马和羚羊了。为了不再饿肚子，豹子和猎人仔仔细细地走遍了附近的每一条路，竭力寻找长颈鹿、斑马和羚羊的身影。终于有一天，他们来到了那片茂密的森林。那里的树木枝繁叶茂，几乎将太阳的光线都遮住了。豹子习惯了辽阔的高地草原和稀疏的植被环境，进入森林后，感到相当不适应。

“我不喜欢这儿。”豹子咕哝着说，“为什么一点儿阳光都没有？我们能不能离开这里？”

“不，我们必须进去。”猎人坚决地说，“我认为，这就是巴维安所说的地方，长颈鹿、斑马和羚羊一定都藏身于此。难道你没有闻到它们的气味吗？我可听到了它们的脚步声！”

“是的，我也听到了。”豹子侧耳听了一会儿，疑惑地看着森林，“它们一定就在附近，可是，为什么我看不到它们呢？嗯，一定是这里昏暗的光线影响了我的视力，我们躲在树丛里等待一段时间吧，等到眼睛适应了光线，就能轻而易举地抓住它们了。”

“你说得对，我们应当做好准备，将它们一网打尽，没必要急于一时。”猎人点了点头，和豹子一起藏进了树丛里。

“说起来，我已经太久没有见到长颈鹿、斑马和羚羊了，它们长什么样子，我都快要记不清了。”过了一会儿，猎人咕哝着说。

“这你放心，我记得很清楚。”豹子说，“长颈鹿有着黄褐色的皮毛，它的脖子能探到四米高的大树上；斑马的皮毛颜色比它淡一点儿，没有长颈鹿那么显眼；而羚羊呢，它的皮毛颜色也是基本以黄色为主。只要它们出现在我的面前，我一眼就能认出来，绝对不会弄错！”

“如果它们长这样……”猎人凝视着面前的森林，沉思着说，“那么，这片森林就绝不是适合它们居住的地方。你看，这里到处都是绿色的植被，如果有一只黄色皮毛的羚羊蹿过树丛，一定会被我们发现。可是，我们却连它们的影子都没见到！”

猎人和豹子都感到头疼不已，他们明明能听到长颈鹿、斑马和羚羊在树丛中穿梭的声音，能闻到它们身上的气味，可就是无法确定它们的位置，这可真是一件令人恼火的事情！

“再等一会儿吧！”豹子小声嘀咕，“等到夜晚的时候，没有这些烦人的昏暗光线和树影，我们肯定能找到那些动物！我真是受够了，如果抓不到它们，我哪里还算得上是一头合格的豹子呢？”

猎人完全能够理解豹子的心情，他也决定在树丛里多藏一段时间，等天黑了再出去寻找猎物。

5

时间一分一秒地过去，太阳慢慢落山了。黑夜笼罩了这片森林，星光柔和地洒向大地。

豹子绷紧了脊背的皮肤，慢慢地在森林里行进。四周一片寂静，就连最细微的呼吸声也无法逃过它的耳朵。豹子的反应极其敏捷，如闪电般扑向了不远处那个发出呼吸声的活物，将它狠狠地压在了自己的利爪下——可是，这到底是个什么动物呢？豹子感到困惑极了，它按住的这个动物发出了斑马的嘶鸣声，气味也和斑马一模一样。

“喂，别再叫了！”豹子粗声粗气地吼道，“我虽然看不清你的模样，但我绝不会放走你的。等到天亮我要再好好看一看，你究竟是不是高地草原上的那匹斑马！”

豹子紧紧地压制住这只动物，静静等待着天亮。可是不一会儿，它听见树丛那一头传来了乒乒乓乓的打斗声，显然是猎人在和其他动物搏斗。

“喂！猎人朋友，我听到了你的声音！”豹子喊道。

“是谁？是豹子吗？你在那边吗？”猎人远远地回应。

“是的，你抓到了什么动物？”豹子问道。

“我没办法回答你这个问题。”猎人的声音显得有些苦恼，“如果仅凭气味和脖子，我肯定会认为自己抓到了一只长颈鹿，可天太黑了，我完全看不清。”

“没错，我打算等到天亮再瞧个清楚。小心啊，朋友，一定要看牢它们，不要让它们跑了！”豹子嚷嚷道。

最终，猎人选择了和豹子相同的做法，他们牢牢地看管着抓住的动物，一直等到太阳初升。阳光从树林的缝隙里透了进来，照亮了黑漆漆的丛林，也照亮了那两只不断挣扎的动物。

“我的朋友，我猜你一定也看到了你抓住的动物，是不是？现在，能不能告诉我，你抓住了什么？”豹子问道。

“这是一只长颈鹿，我非常肯定。”猎人斩钉截铁地说，“它有着长长的脖子、黄褐色的皮毛，可是它和我印象中的长颈鹿有些不同，为什么它身上长出了这么多奇怪的斑点？它们来到森林以后，究竟发生了什么？你抓到了什么动物？”

“我抓到了一匹斑马，可它身上的黄褐色皮毛完全消失了，变成了黑白相间的条纹。如果只看它的外貌,我简直不敢相信这是一匹斑马！”豹子诧异地说，“这到底是怎么回事，斑马？你们怎么可以轻易改变自己的外貌呢？如果你们还保持着原来的样子，我早就捉住你们了！”

“这就是森林的神奇之处啊。”斑马回答道，“你们不能仅凭高地草原的经验来做出判断，到了森林里，所有的事情都可能发生变化。”

“那么，你们到底是怎么做到的呢？”豹子不甘心地追问，“要知道，我们昨天可是花了整整一天来寻找你们啊！明明闻得到气味、听得到声音，却怎么都看不见你们，这种滋味儿可真难受！”

“想知道这个秘密吗？现在把我和长颈鹿松开，我们就一五一十地告诉你们。”斑马说。

豹子和猎人照做了，没办法，他们太想知道这个答案了。就在他们放手的瞬间,长颈鹿和斑马就像箭一样射了出去。长颈鹿窜到了树丛里，藏在一棵大树的树荫下，阳光透过枝叶照在它的身上，形成了大片大片的斑点；而斑马呢，它飞速冲进了灌木丛里，那里的阳光被分割成条状，给它覆盖上一层条纹状的伪装。

“看到了吗？这一切都是阳光的魔法，现在，你们总该明白了吧！”长颈鹿和斑马笑着说，“再给你们一次机会，看你们能不能捉住我们。一、二、三，开始！”

说完，长颈鹿和斑马又钻进了森林里，瞬间消失得无影无踪。猎人和豹子拨开枝叶四下寻觅，却连长颈鹿和斑马的影子都找不到。

“长颈鹿和斑马教会了我们一个有用的知识。”猎人笑眯眯地说，尽管他放跑了自己的猎物，却并没有非常气恼，“还记得巴维安说的话吗，豹子？世界千变万化，动植物也不例外，它们适应了世界变化的节奏,我们也应该如此。我想,我们应当从改变自己的外貌开始。现在，就让我换一个更合适的肤色吧。”

“改变外貌？我从来都没有想过！”豹子吃惊地说，“好吧，那就按你说的做。你想要换成什么样的肤色呢？”

“暗褐色就很不错，在森林的昏暗光线里，我可以轻松隐藏。如果再涂抹几道紫色和灰色的油彩，我就能够完全融入树丛，即便你站在我的面前，也看不清我。”猎人说着，迅速调好了所需的颜料，均匀地涂抹在了自己的身体上。

“那我呢？帮我想想办法吧！我也要改变自己的外貌呀！”豹子说。

“你能有这样的想法，真是太好了。”猎人说，“你想要什么样的外貌呢？你可以选择长颈鹿那样的斑点，也可以选择斑马那样的条纹。依我看，拥有这些外貌特征都很适合在森林里生活。”

“我觉得斑点比较适合我。”豹子说，“条形的花纹一点儿都不符合我的审美。但是，我也不愿意变成长颈鹿那副样子，它身上的斑点未免太粗犷了。你能再帮我想想办法吗？”

猎人思考了一会儿，冲着豹子点了点头。

“放心，交给我吧。”他说，“我会帮你搞定的。”

猎人将剩下的颜料调配成黑色，用指尖蘸着颜料，仔细涂抹在豹子的身上。虽然涂抹得很随意，却体现了一种别样的凌乱美。斑驳的斑点完美地融入了豹子的皮毛，使它能够在森林中轻松藏匿。

“如果我跳进树丛里，你还能一眼就看到我吗？”豹子问道。

“肯定看不到了。”猎人说，“从现在开始，森林就是你最好的庇护所。你可以爬上树，躲在枝叶间，让斑驳的阳光与你的花纹融为一体；你可以蜷缩在小路旁，别人一眼看过来，只会以为是一堆普通的鹅卵石。就算你大摇大摆地挡在路中间，大家也根本看不出来路上有东西。这是你想要的效果吗？”

“这正是我希望的！”豹子高兴地说，“我的朋友，也让我为你画上一些斑点吧！”

“谢谢你的好意，但我还是喜欢现在的样子。”猎人说，“现在，我们的当务之急是去寻找长颈鹿、斑马和羚羊，让我们即刻出发吧！”

猎人和豹子也成功地适应了森林的环境，他们通过改变自己的外貌，找到了与森林和谐共生的生活方式，并在森林里寻觅到了足够的食物。从那以后，他们更加喜欢自己的新外貌了。如果你现在能在森林中寻得豹子的踪迹，你会发现，它们身上布满了斑点，而这些斑点就像是用手指随意涂抹上去的一样。

南非的智者——狒狒巴维安，

世间难题皆能化解。

它的歌声充满智慧，

邀我在森林的乐章中共舞。

母亲正忙于待客，无暇顾及他事，

女佣的目光，我无心在意，

我将欣然与你同行，心之所向。

猪圈消失在视线尽头，

围栏之上，我们并肩而坐稍作歇息。

小兔聆听我们之间的交谈，

尾巴轻摆，尽显可爱之态。

与父亲同行，处处皆可为家，

带上靴帽手杖，还有那大烟斗，

让我们携手，踏上欢快的旅程吧！

第五章 大象的鼻子为什么那么长

1

很久以前，象群是非洲大地上的主宰。那个时候，它们还没有标志性的长鼻子，只有又短又粗的小鼻子，就连给自己赶一赶苍蝇都做不到。后来发生了什么事情，使得大象们拥有了长鼻子呢？

在这个象群里，有一头格外活泼好动的小象。它喜欢甩着自己的鼻子，跟遇到的每一只动物互动。它简直有数不清的问题，只要碰到别的动物，就会喋喋不休地问个不停。所有动物都嫌它聒噪，不愿意理睬它。可是小象根本不介意，它还是撒着欢儿地奔跑在非洲大地上。

“亲爱的鸵鸟阿姨！”小象激动地叫道，“请您告诉我，您尾巴上的羽毛为什么又长又细？”

鸵鸟阿姨非常不喜欢自己尾巴上的羽毛，小象的提问戳到了它的痛处，它气愤地用自己有力的脚爪踢了小象的屁股一脚，转身离开了。小象非常不解，蹭了蹭自己隐隐作痛的屁股，并没有将这件事放在心上。

小象继续往前走，不一会儿，又在树林里遇见了长颈鹿叔叔。小象的眼睛瞬间亮了起来，兴冲冲地朝长颈鹿叔叔跑去。

“亲爱的长颈鹿叔叔！”小象兴奋地叫了起来，“请您告诉我，您身上为什么有这么多斑点呢？”

长颈鹿叔叔觉得小象提出的这个问题非常愚蠢，于是板起脸，用自己的大长腿踢了一下小象的屁股，头也不回地离开了。小象无辜地甩了甩鼻子，不明白长颈鹿叔叔为什么会发这么大的脾气。不过，它很快就把这件事忘了。

太阳越升越高，小象走到河边，打算喝点儿水解解渴。这时，它遇到了在河里休息的河马婶婶。

“咦，河马婶婶！”小象惊讶地叫道，“请您告诉我，您的皮肤为什么这么皱？您的眼睛为什么这么红？”

这样的问题对河马婶婶来说无疑是一种冒犯。河马婶婶气得用自己肥大的蹄子狠狠踢了小象的屁股一脚，什么也没有说，气呼呼地离开了。

这时，小象又看到了正在吃甜瓜的狒狒爷爷，它立即把刚才的不愉快抛到脑后，跑上前疑惑地问道：“狒狒爷爷，请您告诉我……”还没等它问完，狒狒爷爷就扬起毛茸茸的手给了小象的屁股一巴掌，慢悠悠地离开了。

小象愣在原地，它想不明白，为什么大家不仅不愿意回答它的问题，还要凶巴巴地对待它。说到底，它也只是因为好奇而已啊！小象沮丧了一小会儿，但它很快就平复了情绪，继续兴冲冲地四处探索。它仍然有无穷无尽的问题，想向动物们一一提出。

这天清晨，阳光明媚。所有的动物都迈着懒洋洋的步子从巢穴里走了出来，准备好好享受一下温暖的阳光。小象也跟在象群之中，它眺望着河流的方向，忽然咕哝了一句：“听说河流附近住着一种名叫鳄鱼的动物，我还从来都没有见过它呢。不知道鳄鱼喜欢吃什么？”

2

“亲爱的大象叔叔，鳄鱼喜欢吃什么呢？”

“亲爱的大象阿姨，鳄鱼喜欢吃什么呢？”

“亲爱的大象爷爷……”

小象在象群里跑来跑去，向它认识的每一头大象询问这个问题。但是，大象们一听到这个问题，都露出了难以置信的神色，纷纷用脚踢它、驱赶它，凶巴巴地吼道：“不许再提这种愚蠢的问题了，你这讨人厌的孩子！”

小象呜咽着哭了起来，它伤心地跑回了爸爸妈妈身边，感到委屈极了：“为什么它们都要这样对待我呢？我只不过是想要满足自己的好奇心！我从来没有见过鳄鱼，也不知道它喜欢吃什么，只是问一问，难道这都不行吗？”

可是，爸爸妈妈听完它的话后，同样没有给它好脸色。它们狠狠地瞪了小象一眼，威胁它道：“鳄鱼可是个狡猾的坏家伙，你为什么想要了解和它相关的事情？好奇心太强可不是什么好事，孩子！对所有事情都这么好奇，肯定会闯祸的！下次再敢提和鳄鱼有关的傻问题，别怪我们对你不客气！”

小象转身跑出了家，它一边走，一边气愤地嘟囔道：“连爸爸妈妈都这样对我！哼，我知道它们都没有见过鳄鱼，我偏偏要去找鳄鱼，亲口问一问它最喜欢的食物是什么。但是，我在哪里才可以找到鳄鱼呢……”

小象苦恼地摇了摇头，不知道应该怎么办。这时，它听到半空中传来了一个声音。

“如果你想知道鳄鱼在哪儿，我可以帮助你，亲爱的小象。”一只布谷鸟飞到了小象的身边，绕着它宽大的耳朵飞来飞去，“据我所知，鳄鱼生活在墨绿色的利莫波波河里。如果你辨别不清方向，只需要沿着树林里的蓝桉树一路找过去就行了。不过，鳄鱼是个凶恶的家伙，你可千万要小心啊！”

“谢谢你，亲爱的布谷鸟！”小象高兴地说，它一门心思只想找到问题的答案，根本不在乎鳄鱼是否凶恶。小象下定决心，无论遇到什么样的艰难险阻，它都要前往利莫波波河寻找鳄鱼。

这或许是一趟很漫长的旅程，不带上足够的食物可不行。小象给自己准备了整整一百磅黄澄澄的小香蕉、一百磅深紫色的长甘蔗、又带上了十几个圆滚滚的绿甜瓜，踏上了旅程。

“你们不需要担心我。”临走前，小象向它的爸爸妈妈、叔叔阿姨告别，“我要前往遥远的利莫波波河探险了！蓝桉树会为我引路，我会顺利到达目的地！等到那个时候，鳄鱼就可以解答我的疑惑，告诉我它最喜欢的食物是什么了！”

为了祝它好运，小象的家人又踢了它的屁股，尽管它已经很有涵养地请求它们手下留情了。

小象钻进了树林里，根据蓝桉树的指引认真寻找着。无论天晴还是下雨，它都坚定地向着利莫波波河的方向前进着。困了的时候，它就蜷缩在树荫下睡觉；饿了的时候，它就埋头吃着自己带来的香蕉、甘蔗和甜瓜。只是它不知道应该将果皮丢到哪里，只好顺手扔在路边。

小象穿越了草原，经过了沙漠，又沿着通往东北方的大路走了好几天，终于抵达了利莫波波河。正如布谷鸟所说，这里的河水是墨绿色的，沿岸到处都是生机勃勃的蓝桉树。

“我终于找到利莫波波河了！”小象激动得眼中泛起了泪花，“鳄鱼！鳄鱼！你在哪里？”

小象甩着自己的短鼻子，左顾右盼，始终没有在河畔找到鳄鱼的身影。话说回来，它连鳄鱼长什么样子都不知道，即便鳄鱼出现在它面前,它也不认识啊！小象坐在利莫波波河边,愁眉苦脸地思考了起来。

3

这个时候，小象忽然听到了“咝咝，咝咝”的细微声响。它疑惑地抬起头来，看到一条蟒蛇从蓝桉树的枝叶间慢慢地爬了出来，身上呈现出两种瑰丽的色彩，不断吐着信子。

“您好，蟒蛇先生！”小象一点儿都不害怕蟒蛇，反而热情洋溢地向对方打招呼，“我听说鳄鱼生活在利莫波波河，于是长途跋涉来到这里。您能不能告诉我，鳄鱼长什么样子呢？”

蟒蛇冷漠地瞥了小象一眼，显得非常不耐烦：“你是来找鳄鱼的？你为什么要来找那个家伙？”

“因为我想知道鳄鱼最喜欢的食物是什么呀！”小象兴冲冲地回答，“您能告诉我这个问题的答案吗？”

蟒蛇发出一声嗤笑，咝咝地吐着信子，绕着蓝桉树爬了一圈，用尾巴狠狠地抽了小象的屁股一下，随即头也不回地走了。

“真是莫名其妙！”小象站在原地，苦恼地叫道，“在家的时候，爸爸妈妈、叔叔阿姨总是会打我、凶我，为什么我跑到遥远的利莫波波河边，这里的动物也对我如此不友善？我只是想了解一些和鳄鱼有关的事情，这到底有什么错？”

小象迈着沉重的步子，沿着河岸往前走，它不知道自己要走到哪里去，也不知道要不要继续寻找鳄鱼。突然，小象踩中了一块“烂木头”。

“烂木头”陡然睁开了两只明亮的小眼睛，凶狠地盯着小象。其实，它就是鳄鱼。

可是，小象并不认识鳄鱼。它后退了一步，抱歉地说：“真对不起，先生！我刚才并没有看到您。我是来利莫波波河找鳄鱼的，请问，您知道鳄鱼长什么样子吗？”

鳄鱼眯起了眼睛，有些鄙夷地打量着小象，慢悠悠地甩了一下尾巴，溅起了污水和淤泥，说：“你为什么要到利莫波波河来找鳄鱼，小东西？”

“因为我从来都没有见过鳄鱼，我对它们的生活很感兴趣！”小象连忙回答道，“我想知道，鳄鱼最喜欢的食物是什么？可是，当我向我的家人和朋友们提出这个问题时，它们总是会凶巴巴地对待我。”

说到这里，小象忍不住缩了缩身子，它担心面前这位先生也会欺负它。

“你在害怕什么呢，可爱的小东西？”鳄鱼阴险地笑了起来，它朝着小象的方向爬了几步，眼角流下了两滴晶莹的泪水，“过来吧，我会解答你的所有问题，因为我就是鳄鱼。”

“什么？您就是鳄鱼！”小象兴奋地叫道，“我总算找到您了！请您快告诉我吧，您最喜欢的食物是什么呢？”

“这很简单，靠近一点儿吧，我会告诉你的……”鳄鱼故意放低了声音，小象为了听清楚它的回答，不由自主地又向前走了几步。当小象低下头来的时候，鳄鱼猛地往前一蹿，一口咬住了小象的鼻子。

“你不是想知道我最喜欢的食物是什么吗？哼哼，那我就告诉你，我最喜欢的食物就是小象的鼻子！”鳄鱼狰狞地笑着，狠狠地咬住小象的鼻子不松口。小象疼得眼泪直流，惊恐地尖叫起来：“快放开我！放开我！你这个坏家伙！”

“小心！一定要站稳脚跟！”蟒蛇从蓝桉树上爬下来，从河里游了过来，咝咝地对小象说道，“万一被它拽进河里，就真的没命了！撑住啊，小象！”

小象听到了蟒蛇的提醒，连忙用两条后腿支撑住身子，竭尽全力地将自己的鼻子往回拉扯。鳄鱼感觉到了小象的反抗，更加恼火了，它不断地用尾巴拍打着浑浊的水面，想要使劲将小象拖进水里。小象咬着牙死死支撑着，它和鳄鱼对峙的时间越来越长，它可怜的鼻子也被拽得越来越长。

4

“救命啊！救命啊！”小象声嘶力竭地喊，它的力气渐渐耗尽了，尽管一直在拼命挣扎，却还是被鳄鱼慢慢地拖进水里。

“撑住啊，小象！我这就来帮你！”蟒蛇将自己的身体当作绳索，紧紧地缠住了小象的后腿，把它一点点地往岸上拉。“千万不能放弃！”蟒蛇喊道，“如果现在放弃，就真的前功尽弃了！”

听到了蟒蛇的喊声，小象咬紧了牙关，用尽全力一步步往岸上挪动。它使出了吃奶的劲儿，全力对抗着鳄鱼的拉扯。在小象和蟒蛇的合力反抗下，鳄鱼意识到，要想吃掉这头小象实在不是件容易的事。它愤怒地哼了一声，松开牙关，转头沉入水里不见了。

“呼哧，呼哧……”小象剧烈地喘着粗气，向后倒退了好几步，一屁股跌坐在了地上。等它喘匀了气，才连忙站起来，向好心肠的蟒蛇道谢：“谢谢您的救命之恩，蟒蛇先生，我真不知道该怎样报答您！”

“没有关系，孩子。现在你总算知道，鳄鱼是一种凶恶狠毒的动物了吧？你的爸爸妈妈、叔叔阿姨都不允许你打听与鳄鱼相关的事情，

其实是有它们的考虑啊！”蟒蛇说道。

“这下我知道了，鳄鱼是这样的坏家伙……”小象垂头丧气地说，它摸了摸自己那条变形的长鼻子，非常发愁，“这可怎么办啊，我的鼻子变得这么丑！从今以后，我的家人和朋友都会嘲笑我的！”

这个问题，蟒蛇也不知道应该怎样回答。小象歪头想了想，拔下了岸边生长着的芭蕉叶，用叶子包裹着鼻子，将它泡进了水中。

“你为什么要这么做呢？”蟒蛇好奇地问。

“我总得想办法医治我的鼻子呀！”小象不开心地说，“如果它永远都保持着这个样子，那可怎么办呢？”

“照我说，这也不是一件坏事。”蟒蛇思考了片刻，说道，“更何况，要想让鼻子恢复原状，你这样做肯定是不够的，还不如仔细想想，以后怎样使用你的长鼻子。”

“长鼻子能有什么用呢？”小象哭丧着脸说道。它在利莫波波河边坐了三天三夜，期盼着奇迹的降临。然而，鼻子既没有恢复原状，它也没有想出长鼻子的用处。等到天色将明的时候，一只讨厌的苍蝇嗡嗡地飞了过来，绕着小象转来转去，肆意嘲笑着它古怪的长鼻子。小象心烦意乱，它一甩鼻子，正好砸在了苍蝇的身上。苍蝇掉在地上挣扎了一会儿，很快就死了。

“这就是长鼻子的作用呀！”蟒蛇不知什么时候出现在了小象身边，它惊喜地叫了起来，“你可以用鼻子驱赶苍蝇，这在夏天的夜晚可是相当有用呢！你以前那条粗粗短短的鼻子肯定不能驱赶苍蝇，对不对？好啦，别不开心了，快吃点儿东西吧！”

善良的蟒蛇先生为小象找来了许多新鲜干净的青草。小象谢过蟒蛇，走过去用餐。它已经饿了三天，迫不及待地想要吃点儿东西来填饱自己的肚子。它将长长的鼻子一甩，轻而易举地卷起了地上的一捆青草，送进了嘴巴里。

“瞧！”蟒蛇喊道，“你使用长鼻子的动作多么熟练啊！你做得很好！如果能够学会用鼻子做各种事情，那么什么都难不住你！让我再给你出个主意吧，小象！你觉不觉得河边的阳光非常炽热呢？快动动脑筋，用你的长鼻子做些事情！”

小象想了想，迈开步子走向河边，用长鼻子卷起了一块湿漉漉的泥巴，啪的一声，将泥巴甩在了自己的脑袋上，给自己戴上了一顶由泥巴制成的宽边帽子。这下，火辣辣的太阳只能照在那团湿泥巴上，小象觉得凉快了很多。

“你可真是个聪明的小家伙。”蟒蛇笑了起来，说道，“你已经找到了长鼻子的三个妙用，我敢保证，你还会发现它的更多用途。长鼻子会是你最好的武器，从此以后，你再也不用担心其他动物欺负你了。如果它们敢这么做，你就用长鼻子还击。”

“您说得一点儿都没错，蟒蛇先生，我的长鼻子可真是个宝贝啊！”小象高兴地说，“您放心吧，我已经非常喜欢它了！现在，我要动身回家，向我的家人炫耀一下我的长鼻子！”

5

小象告别好心肠的蟒蛇先生，踏上了返回家乡的旅途。它一边走，一边兴奋地甩动着自己的长鼻子，感觉相当惬意。以前它嘴馋的时候，只能站在果树下仰着脖子，眼巴巴地盼望水果自己掉下来；可是现在，它可以将长鼻子伸到树梢上，摘下那最新鲜的果子。以前当它肚子饿的时候，只能费力地趴在地上，啃食地面上的青草；可是现在，它可以站在地上，用长鼻子拔下一株株青草，想吃多少就吃多少。现在无论小象想做什么，都可以轻轻松松地做到。

长鼻子还是它的专属乐器呢！如果走路时觉得太寂寞，小象就扬起鼻子，奏出一首欢快动听的歌儿，甚至比专业乐手奏得还好听！小象一边奏乐，一边往前走。当它路过森林的时候，用长鼻子将之前扔在路边的果皮都捡了起来。长鼻子还有这个作用呢！

小象的归乡之旅又持续了许多天，终于在一个黄昏看到了熟悉的象群。太好了，小象回到了它的家乡，见到了它的家人和朋友们！

“爸爸！妈妈！我回来啦！”小象兴奋地喊着，朝象群跑了过去。

“瞧啊，那只叽叽喳喳的小象回来了！”

“你到哪里去了呀，小象？难道你真的找到了鳄鱼吗？”

“它又要提出什么莫名其妙的问题？哼，要是它惹我生气，我就打它的屁股！”

大象们一边七嘴八舌地说着，一边向小象围了过来，好奇地打量着它。

“你们以为现在还能打到我的屁股吗？我和以前已经不一样了！瞧吧,我有一条长长的鼻子了！”小象自豪地说,它用力甩起了长鼻子,将迎面跑来的两个象哥哥抽了个趔趄。

“这是怎么回事呀，我的孩子？你的鼻子怎么变成这样了？”象妈妈问道。

“我跨越了整个非洲大陆，找到了利莫波波河畔的鳄鱼，它送给我这样一条新鼻子！这可是一条独一无二的长鼻子，你们就算羡慕也没办法！”小象自豪地说。

“只有你会把这条丑陋的长鼻子当作宝贝。”不远处的狒狒听到了它们的对话，不屑地说，“瞧你那条鼻子，灰扑扑、软塌塌的，谁会想要？”

“你确实可以嫌我的鼻子不好看。”小象说，“但是，如果你知道这条长鼻子有多少用处，你肯定会惊呆的！”

说着，小象摆动着它的长鼻子，卷起了狒狒的一条腿，轻轻一甩就把它丢进了不远处的马蜂窝里。受到惊吓的马蜂嗡嗡嗡地飞了起来，把狒狒蜇得连连大叫。

接下来，小象甩动着它的长鼻子，将所有欺负过它的动物都捉弄了一遍。它用长鼻子扯掉了鸵鸟阿姨的羽毛，抢走了长颈鹿叔叔的午饭，还用小河水灌了河马婶婶一耳朵。

这下动物们都相信小象的确拥有了一条了不起的长鼻子！大象们也想拥有和小象一样的长鼻子，于是纷纷效仿它。它们跨越了非洲大陆，找到了生长着蓝桉树的利莫波波河畔，寻觅着藏身在河里的鳄鱼。最终，它们也都如愿以偿了。

这就是大象为什么拥有长鼻子的故事。说到底，这一切都要归功于那头富有好奇心的小象呀。

六友同聚乐逍遥，
如何、哪里、为什么，
何时、什么、那是谁。
缘由何事皆通晓，
天地万物尽掌握。
每日新知传耳畔，
忙碌身影不曾闲。
早出晚归奔波苦，
踏遍五湖四海间。
此是何物彼何名，
何时何地起风云？
更有千万个为何，
求知若渴心无界。

第六章 袋鼠为什么跳着走路

1

很久以前，袋鼠的样子和现在大不相同，它们的四肢较短，皮毛灰暗，并不受欢迎。它们自以为是，常常为一点儿小成就自满。故事的主角就是这样一只袋鼠，它热爱跳舞，对自己的舞技很是自负，每次跳完舞都觉得自己是世界上最棒的舞者，因此常因过度自信而做出一些荒唐事。

这天一大早，袋鼠就跑到草原上，尽情地舒展四肢，翩翩起舞。尽管没有观众欣赏它的舞姿，但它依然从舞蹈中获得了无尽的快乐。它冲到了初级巫师恩恰的家门前，咚咚咚地敲着门，嚷嚷道："喂，恩恰，我知道你在家！我是世界上最了不起的袋鼠，你知道吗？今天之内，我要求你对我施一个魔法，让我能在动物世界中得到至高无上的尊崇！"

恩恰正在家里呼呼大睡，袋鼠的粗鲁行为打扰了他的美梦，它那番莫名其妙的说辞更是让他生气。恩恰将枕头重重地砸在门上，吼道：

“滚开，袋鼠！”

袋鼠并未觉得自己的行为有何不妥，反而认为恩恰的脾气太暴躁。它完全没有把恩恰愤怒的话语放在心上，转身便跑回草原继续跳舞了。

跳完第二支舞后，袋鼠又迫不及待地冲到了中级巫师恩琼的家里，对他嚷嚷道：“你的魔法一定能让其他动物打心眼儿里喜欢我、崇拜我吧，恩琼？今天之内，我要求你对我施一个魔法，让我能够在动物世界中得到至高无上的尊崇！”

恩琼正在专心致志地吃早饭，无礼的袋鼠破坏了他一大早的好心情。他对袋鼠的胡言乱语一点儿兴趣都没有，直接将它轰出了门。

“这个恩琼，实在是太霸道了。”袋鼠嘟嘟囔囔地说，但它很快就将恩琼抛到了脑后，又跑到一片位于澳大利亚中部的沙洲上舞动了起来。这一次的舞蹈持续了整整一个上午，袋鼠的舞蹈技巧从未发挥得这么完美，它陶醉在自己的舞蹈之中，完全忘记了周围的一切。等袋鼠跳完的时候，太阳已经升到了最高处。快要到午饭时间了，可是它一刻也等不了，它一定要让所有的动物都欣赏到它的舞蹈。这一次，袋鼠闯进了高级巫师恩强的家。

“恩强！恩强！”袋鼠喊道，“人人都说你是最伟大的巫师，但我不相信，除非你在我身上施一个伟大的魔法！我要在动物世界里得到至高无上的尊崇，让所有的动物都为我而疯狂，最好能热烈地追求我！”

恩强正在洗澡，他怒不可遏地披着浴巾冲出了浴室，对着袋鼠大叫道：“你说的这些都是你想要的，是吗？我一定会满足你的愿望！”

暴怒的恩强轰走了袋鼠，随后找到了一条又脏又臭的野狗。这条野狗名叫丁戈，它是动物世界里臭名昭著的流氓。“要想教训这只粗鲁无礼的袋鼠，找丁戈是最合适不过的了！”恩强想着。

恩强对丁戈说道：“瞧瞧外头那只愚蠢的袋鼠！它大脑空空，只知道跳舞，居然还妄想着能够得到所有动物的尊崇！现在，你去让它清醒清醒吧，丁戈！”

丁戈眯着眼睛，紧紧盯着窗外的袋鼠。它露出了一丝狡黠的笑容，说道：“这家伙看起来可真古怪，不像兔子，也不像猫。既然你这么说，那我就让它尝尝我的厉害！”说着，它汪汪叫着扑了出去，朝袋鼠张开了血盆大口。

袋鼠原本正在专心致志地跳舞，看到凶神恶煞般的丁戈，它吓了一跳，急忙转身逃跑。丁戈紧紧地跟在它身后，不时发出凶巴巴的叫声，将袋鼠吓得魂飞魄散。

2

袋鼠竭尽全力地跑啊，跑啊。它翻过连绵的高山，穿过茂盛的草原，一头钻进了树丛里。它无数次想要停下来喘口气，它的两条后腿已经累得迈不开步子了。但是它不敢这么做，丁戈紧紧地跟在身后，如果它稍微慢一点儿，很可能就会被丁戈一口咬住，撕成碎片。

其实，跟着袋鼠跑了这么远，丁戈也喘起了粗气，消耗了大量的体力。它不愿意再继续这场无意义的追逐赛了，如果能停下来，去享受一顿午餐，那该有多舒服呀！但是，已经追了袋鼠这么久了，难道要半途而废吗？丁戈又觉得有些不情愿。

袋鼠冲出了树丛，一条小河挡住了它的去路。河水很深，水流湍急，袋鼠蹚不过去，可是既没有船，又没有桥，它该怎么办呢？

“实在不行，就只有跳过去了！”袋鼠给自己加油鼓劲儿，暗暗想着，“就算落进河里，也比被野狗捉住要好一些！”袋鼠打定主意，全力助跑，向着河对岸猛地跳了过去，它的身影在半空中划过一条弧线，随即落在了河对岸！它成功了！

尽管袋鼠顺利地跳到了河对岸，可它依然没有甩开丁戈。这条身姿矫健的野狗游过小河，又追了上来。就在袋鼠感到无处可逃的时候，它猛然意识到，用后腿跳跃的速度似乎比奔跑更快。一开始，它的跳跃距离很短，每次只有一米左右。不一会儿，它已经能够轻轻松松地跳过泥塘、石堆，将丁戈甩得越来越远了。

随着袋鼠的每一次跳跃，它的后腿变得越来越强壮，越来越有力量。它很快就意识到，如果将两条前腿收紧，同时把尾巴伸出来，就能在最大程度上保持身体的平衡。

“这是怎么回事？”丁戈目睹了袋鼠从奔跑到跳跃的变化，无法理解袋鼠为什么能一下子将速度提得这么快。眼看着再也追不上袋鼠了，它跑得越来越慢，只想趴在地上伸长舌头好好歇一歇。可是，它又担心恩强会责怪它。幸好这个时候，恩强出现了。

“够了，别再追它了。”恩强说，“今天快要结束了，而且，我想它也得到了足够的教训。”

恩强说完，丁戈立即刹住了脚步，原地趴下，呼哧呼哧地喘着粗气，看起来比袋鼠狼狈多了。它的肚子还在咕咕直叫呢，唉，为了追逐这只讨厌的袋鼠，它甚至错过了晚饭时间！

3

袋鼠也听见了恩强的话，它一回头，发现丁戈正趴在地上喘着粗气，也马上停下来休息。袋鼠休息时的模样可比丁戈优雅多了，它将尾巴伸出来放在地上，支撑着自己的身体。

“太好了，这场可怕的追逐赛总算结束了！”袋鼠后怕地说，“恩强，你都不知道我刚才有多害怕！我敢说，要是我慢了一步，丁戈那尖锐的牙齿肯定会咬断我的脖子！”

“怎么，这不就是你想要的吗？”恩强冷冷地说，“你明明告诉我，你想要所有的动物都为你而疯狂，最好能热烈地追求你。现在，丁戈不就满足了你的愿望吗？”

“我想要的可不是这种追求！照你这么说，我还要感谢丁戈啦？绝对不可能！”袋鼠嚷嚷道，“要是丁戈追上了我，它就会狠狠地咬我一口，别以为我不知道！我半条命都快没了，差点儿就被累死了！我这美好的一天全被毁了！要不是它这样拼命地追我，我根本不用离开我的家！你瞧瞧我的腿，现在已经无法像以前那样自由地奔跑了，只能依靠跳跃前进，这可真是一件糟糕的事情！”

“你句句都在抱怨，这可真让我不高兴。”恩强沉下了脸，说道，“这一切明明都是你自己的要求，我都帮你实现了，你还有什么不满足？”

“我想要的并不是丁戈这样的追求者呀！”袋鼠结结巴巴地说，“而且，我原以为你会用魔法为我解决这一切，你们大巫师不是无所不能吗？满足我这小小的虚荣心，对你们来说，应该算不上什么难事吧。”

“看来，你根本就没有认识到自己的错误。”恩强说，“让丁戈再追着你跑一次，怎么样？也许你会改变自己的想法。”

“不，不，别这样对我！”袋鼠慌忙叫了起来，“我知道这样是不对的，我再也不会抱怨了！不管怎么说，我现在至少还好端端地活着，这就足够了！我只有一个愿望，那就是得到一些食物。整整一个下午我都被追得四处逃窜，肚子早已空空如也，现在，我一丁点儿力气都没有了……”

“没错，请您也给我一些食物吧，伟大的巫师先生！”丁戈吐着舌头说道，“要知道，追上这只袋鼠可不是一件容易的事情！您将这项重任交给了我，而我也完成得相当出色，您总该给我一些酬劳吧！”

“食物嘛，明天再说吧。”恩强板着面孔说，“我现在要回去继续沐浴，谁也不准打扰我。”说完，恩强就消失了。袋鼠和丁戈面面相觑，它们谁都没有力气原路返回家园，只能永远地留在澳大利亚中部。袋鼠和丁戈都固执地认为错在对方，每次见面，它们都心怀不满。

让我们高声颂扬，

袋鼠那非凡的马拉松篇章，

赛道之上，它如风驰电掣。
高级巫师恩强，
想让袋鼠陷入窘境。
袋鼠在前，身影矫健如箭，
野狗紧追不舍，奋力向前。
袋鼠的双腿仿佛拥有神奇力量，
从正午到傍晚，不停地奔忙，
每一步都跨越八米之遥。
野狗穷追不舍，犹如黄云漫卷，
紧张得连吠叫都无暇顾及，
只能默默跟随，累得气喘吁吁。
它们穿越溪流，翻越崇山峻岭，
跨越三十个纬度，地图为凭。
若你们也能如此，
狂奔一个下午，
那也只是袋鼠征程的一半，
尽管阳光炙热，但你们的脚步将更加稳健。
愿你们都能成为长跑的小英雄，
勇往直前，无惧任何挑战，创造属于自己的辉煌！

第七章 狁狳为什么长成那个样子

1

亚马孙河附近曾经生活着一对好朋友，一个是刺猬，另一个是乌龟。刺猬是个急性子，时不时就竖起一身尖利的刺，凶巴巴地和别人争辩。乌龟是个慢性子，说话做事都慢条斯理的，总是扮演着和事佬的角色。每到闲暇时，它们都会到河边散步。刺猬喜欢去河边捕捉蜗牛，而乌龟则对河边生长着的莴苣情有独钟。经过几次偶然的碰面，刺猬和乌龟熟络起来。尽管它们的性格不同、脾气不同、喜欢的东西也不同，但它们还是成为了不错的朋友。一有机会，它们便会相约一起出门，前往亚马孙河边寻找食物。

小花斑豹也住在亚马孙河附近。对豹子而言，鹿和猴子自然是最理想的食物，但是这两种动物都非常狡黠，抓住它们并不容易，只能找些其他的食物来充饥，而刺猬和乌龟变成了豹子退而求其次的选择。不过，这只小豹子年龄尚小，无法独立觅食，就连刺猬和乌龟都抓不住。幸好，它总是能得到妈妈的帮助。

“听我说，孩子，刺猬和乌龟其实很容易对付。”大花斑豹说道，“刺猬虽然会把自己团成一个球，但只要你把它推进河里，它就必须展开身体游泳，那时候它就逃不掉了。至于乌龟，你可以把爪子伸进龟壳的缝隙里，把它抓出来，多练习几次，你一定能成功。”

小花斑豹听得连连点头，它从来都不会怀疑妈妈说的任何一句话。

2

这天傍晚，刺猬和乌龟照例去河边觅食，遇到了同样饿着肚子的小花斑豹。小花斑豹张开血盆大口，猛地朝它们冲了过来。乌龟吓了一大跳，它本能地将脑袋和四肢缩回龟壳，一动也不动。刺猬也不打算和小豹子硬碰硬，它紧紧地缩成了一个团儿，将所有的尖刺都竖了起来。

尽管小花斑豹已经从妈妈那里学到了对付刺猬和乌龟的诀窍，但实际上它并没有见过这两种动物，根本认不出哪个是刺猬、哪个是乌龟。它围着它们转了好几圈，嘀嘀咕咕地说：“按照妈妈的说法，我应当把刺猬丢进河里，把爪子伸进龟壳里，可是我没办法分辨哪个是刺猬，哪个是乌龟，这可怎么办呢？”

“不对，不对。”刺猬发出了细微的声音，“你肯定是记错了。让我来告诉你吧，你应该将刺猬丢在乌龟壳上，将乌龟捞出水面，只有这样才能捉住刺猬和乌龟。”

“不对。”乌龟瓮声瓮气地说道，“你应该将乌龟丢进水里，用爪子抓出刺猬，明白了吗？如果你不这样做，就永远都捉不到刺猬和乌龟！”

“可是，可是我明明记得，妈妈是说……”小花斑豹迷糊了，它困惑地看了看刺猬，又看了看乌龟，“你们刚刚说了什么？再重复一遍吧！”

刺猬和乌龟在心里偷着乐，它们很快明白了，这只小花斑豹是个小迷糊虫，它们可以轻轻松松地将它耍得团团转。

“我是说——”刺猬拖长了声音，说道，“你捉到乌龟以后，就把它丢进水里；你捉到刺猬以后，就把爪子伸进它的身体缝隙里！”

“不对不对,你们说的全都乱套了！”小花斑豹皱紧了眉头,叫道，“我知道了，你们肯定是想要扰乱我的想法！现在你们谁都不准胡说八道了，只需要告诉我，哪个是刺猬，哪个是乌龟，这就足够了！”

“这是个秘密，我不会轻易告诉你的。”刺猬假装很害怕，瑟瑟发抖地说，其实它正蜷成一团儿偷笑呢，“如果你知道了我的真实身份，你肯定会用爪子将我抓出来的！”

“没错,我逮住你了,你这只乌龟！”小花斑豹激动地叫了起来，朝着刺猬猛扑过去，一爪拍向了它的尖刺。小花斑豹“嗷呜”痛吼一声，抱着自己的爪子滚到了一边。“好疼啊！有尖刺，你根本就不是乌龟！”小花斑豹眼泪汪汪地检查着自己的爪子，只见前掌已经被刺猬的尖刺扎破了，上面遍布着细小的伤口。小花斑豹疼得抽泣起来，不停地朝自己的爪子吹气。

3

就在小花斑豹疼得嗷嗷叫的时候，刺猬趁机钻进了漆黑的灌木丛里，利用植物的遮挡，将自己彻底藏了起来。

“好啊，你骗我！”小花斑豹气愤地说，“你不是乌龟，你是一只可恶的坏刺猬！”

小花斑豹小心翼翼地将爪子上残留的尖刺都挑了出来，疼得直冒冷汗，咬牙切齿地说：“还剩下一只乌龟呢！这一次，我绝对不会搞错了！”

可是，到底应该怎么对付乌龟呢？小花斑豹愣愣地盯着乌龟，它已经想不起来妈妈是怎么说的了。

“你不知道该怎么办吗？”乌龟慢吞吞地说，“那我可以再提醒你一次，你只需要将爪子伸进我的龟壳，就可以把我抓出来了。”

“你们满嘴都是谎话，我再也不会相信了。”小花斑豹还在给爪子吹气，但疼痛依然没有缓解。

乌龟也忍不住偷偷地笑了，但它仍然摆出一本正经的样子，说：“我敢保证，我所说的和你妈妈告诉你的，是完全相同的话。你试图用爪子把刺猬抓出来，却被刺伤了，现在你可以试试用爪子把我从龟壳里抓出来。”

“我才不会上你们的当呢！”小花斑豹气得大叫起来，“你想让我用爪子把你从乌龟壳里抓出来吗？哼，我才不会轻举妄动。”

“这都是你妈妈告诉你的知识呀，我只是将它们重复了一遍而已。”乌龟无辜地说。

“那你告诉我，我的爪子究竟会不会被龟壳夹伤？”小花斑豹问。

“这我可不知道，我从来都没有被豹子从龟壳里抓出来过。”乌龟说，“还有另外一个办法，你忘了吗？你可以将我丢进水里。”

“我真不应该再听你说话了！”小花斑豹气愤地说，“现在，你什么都不要说了，让我仔细想一想妈妈说过的话。我记得，妈妈让我用爪子抓出其中一个动物，再将另一个动物丢进水里。既然你总是想让我将爪子伸进你的龟壳，肯定是因为不想被我丢下水。哼！我偏偏不让你得逞！”

乌龟立刻变得慌张起来，害怕地说：“你想把我丢下水？不，不，这绝不是一个好主意，你听我说……”

“别废话了，为了避免你耍花招，你自己主动走进河里吧。”小花斑豹打断了它的话。

乌龟只好一步一步走进了亚马孙河里。河水湍急，水中还混杂着不少泥沙，很难一眼看清河水里的状况。小花斑豹探着头看了半天，都没有见到乌龟从水里冒出头来。它有些拿不定主意，不知道乌龟究竟是怕水还是不怕水，不知道它究竟有没有被河水淹死。

4

其实，乌龟是个游泳健将。它一下水就伸出自己的脑袋和四肢，不一会儿就游到了河对岸。

“这下好了，我们都顺利逃出来了！”刺猬已经在对岸等候多时了，见到乌龟，它忍不住兴奋地欢呼着，骨碌碌地从灌木丛里滚了出来，围着乌龟又叫又跳，“那只小花斑豹可真是个小傻瓜，我简直笑得肚子疼！你是怎么骗它的？”

“我没有骗它。”乌龟慢悠悠地甩甩四肢，让水珠沿着龟壳滴下去，“我老老实实地告诉它，我是乌龟，它可以试试用爪子把我从龟壳里抓出来。可是它压根儿不相信，非要将我丢进水里。那我又有什么办法呢？”

“哈哈，你真是太聪明了，我的朋友！”刺猬兴奋地叫了起来，“我敢保证，那只小花斑豹接下来肯定要去找它妈妈，问清楚这究竟是怎么一回事。跟我来吧，朋友！我们去瞧瞧热闹！”

果然，委屈巴巴的小花斑豹找到了妈妈，打算将自己遇到的烦心事都讲一讲。大花斑豹看到它这副模样，不由得非常担心。

“这是怎么回事呀，我的孩子？你为什么这样垂头丧气呢？”

“我碰到了一只讨厌的乌龟，它浑身上下都长满了尖尖的刺。我想用爪子将它抓出来，却扎伤了自己的爪子。”小花斑豹难过地说，将自己受伤的爪子伸到大花斑豹面前。

大花斑豹仔细检查了小花斑豹的爪子，替它轻轻地吹了吹伤口，这才耐心地说道：“傻孩子，那不是乌龟，而是刺猬呀。下次碰见刺猬，你不要用爪子抓它，而是要直接将它推下河，记住了吗？”

“是的，我用这个办法对付另一个家伙，没想到它进入河里后就不见了。”说到这里，小花斑豹又羞愧又生气，咬牙切齿地说，“它们两个可真是狡猾！它们乱七八糟地说了一大堆话，把我搅得头昏脑涨的，根本不知道该怎么对付它们！”

“别着急，我的宝贝。”大花斑豹温柔地说，“让妈妈再仔细跟你讲一讲吧。当你碰到刺猬的时候，它会蜷缩成一团，竖起浑身的尖刺，你对付它的时候需要格外小心，不要刺伤了自己的爪子。”

“至于乌龟，它有着又厚又硬的壳，只能将身体藏进壳里，没办法蜷缩成球。下次再遇到这两只动物，只要想起妈妈的话，你就能分辨出来了。”大花斑豹接着又唱了一首儿歌，帮助小花斑豹记得更清楚。儿歌的歌词是这样的：

“蜷成球的是刺猬，
刺猬怕水不敢游。
缩进龟壳是乌龟，
乌龟入水就逃走。”

小花斑豹跟着妈妈唱了几遍儿歌，很快就将其中的知识点牢记于心了。

“唉，这可怎么办呢？”刺猬藏在树丛里偷听到了花斑豹母子的话，它小声地抱怨道，“这下，小花斑豹什么都知道了，以后再骗它可不容易了！”

“你说的一点儿都没错。”乌龟也唉声叹气地说，“从现在开始，小花斑豹一定不会将我们两个搞混了，这可怎么办？如果你能学会游泳就好了，肯定会将它吓一跳。”

“这真是个好办法，就这样办！”刺猬兴奋地说，“如果我也学会了游泳，不仅可以捉弄小花斑豹，说不定还能在关键时刻救我的命呢！我们现在就去游一游试试看！”

说完，刺猬便和乌龟一起跑到了亚马孙河边。乌龟将游泳和换气的技巧教给了刺猬，随后和刺猬手拉手跳进了河里。乌龟帮它抬起脑袋,让它能顺利呼吸,而刺猬则不断划动四肢,奋力游水,学得非常认真。

5

等到太阳升到最高处的时候，刺猬已经练得有些疲惫了。乌龟说：“好了，我们休息一下吧。待会儿请你将蜷起身子的技巧教给我，说不定我也能慢慢学会呢。”

吃过午饭后，刺猬设法将乌龟的龟壳撬开了一点点缝隙，乌龟则一次次地活动着自己的脑袋和四肢，尝试着慢慢蜷起身体。对乌龟而言，这可不是一件简单的事情。

“一定要小心，千万不要伤到自己。”刺猬反复叮嘱道，“如果感觉到不舒服，就及时停下来。”

乌龟练习了几次之后，它们再次前往水边，乌龟开始教刺猬学习潜水。接下来的几天里，它们都将自己擅长的技能教给对方，并不断练习着对方的技能。慢慢地，刺猬游得越来越熟练，乌龟的龟壳也越来越轻薄，它能够慢慢蜷缩起身体了。更奇妙的是，一天清晨醒来的时候，这对好朋友惊讶地发现，它们的外形都发生了变化。

“瞧瞧我的刺，朋友！”刺猬惊喜地叫道，“我的刺变得完全不一样了，像是一片片柔软的鳞片！是因为水流改变了它们，让它们变柔韧了吗？它们甚至可以重叠在一起了！”

“没错，我敢保证，你已经完全学会游泳了！”乌龟也感到非常高兴，“你瞧，我的龟壳也发生了变化！它们不再沉甸甸、硬邦邦地压在我的身上，而是变得又轻又软，只要我愿意，也可以让身体蜷在一起！”

乌龟尝试着蜷缩身子，这一次，它轻轻松松地蜷成了一个球。

“太好了，我们的练习都有了不错的成果！”刺猬欣喜地说，“现在，让我们去捉弄一下小花斑豹吧！那个小傻瓜肯定搞不清楚这是怎么一回事！”

“我也是这么想的，它肯定会被吓一跳！”乌龟表示赞同。

两个好朋友说干就干，很快就在河边找到了小花斑豹。它们大摇大摆地走到小花斑豹面前，大大咧咧地对它说道：“你好呀，小花斑豹！你妈妈最近怎么样？”

“你们是谁？”小花斑豹觉得非常奇怪，它完全不认识眼前这两只动物，“我妈妈很好，你们认识它吗？”

“怎么，才一段时间不见，你就不认识我啦？”刺猬做出一副既惊讶又生气的模样，“你忘了吗？不久前，你还试图抓过我呢！”

“难道,你是刺猬？”小花斑豹愣住了,它上上下下地打量着刺猬，“你怎么会变成这副模样？你的尖刺都到哪里去了？我明明记得你有一身的刺，还刺伤了我的爪子。”

“没错，我的尖刺全都变成了鳞片，想不到吧？”刺猬得意扬扬地说道。

“你再看看我，小花斑豹，你还认识我吗？”乌龟慢吞吞地向它们爬了过来，瓮声瓮气地说，“可不要说你把我也忘得一干二净了。”

“我记得你的声音，你是乌龟吗？”小花斑豹惊奇地说，“这太让我意外了,你们变得跟以前完全不同了！你的龟壳为什么变化这么大？简直变得和鳞片一模一样了！”

刺猬和乌龟不约而同地笑了起来：“还记得你妈妈教给你的儿歌吗，亲爱的小花斑豹？

‘蜷成球的是刺猬，
刺猬怕水不敢游。
缩进龟壳是乌龟，
乌龟入水就逃走。’

现在，你还能分得清我们两个吗？”

说完，刺猬和乌龟就同时蜷成了一个圆圆的球，在小花斑豹面前炫耀着自己的新技能。小花斑豹一会儿看看刺猬，一会儿看看乌龟，简直不敢相信眼前发生的事情。它掉头就走，准备立刻回去问问妈妈，这到底是怎么回事。

6

“妈妈！妈妈！这太可怕了！”小花斑豹一头冲进了树林里，没头没脑地喊了起来，“我遇到了两个怪物！一个自称是刺猬，身上却连一根刺都没有；另一个自称是乌龟，却没有硬硬的龟壳。原本应该长着尖刺和龟壳的地方，全都覆盖着一层鳞片！它们都能蜷成球，这可怎么办啊？妈妈，我以后再也没办法分清刺猬和乌龟了！”

大花斑豹轻轻地拍了拍它的头，安慰道：“别慌，我的孩子。在这个世界上，所有的生物都不能违背规律存在，你看见的怪物一定还是刺猬和乌龟。”

“可是，它们和刺猬、乌龟长得一点儿都不像啊……”小花斑豹头疼地说，“我根本不知道应该怎样对付它们！”

“既然它们与普通的刺猬和乌龟大不相同，那我们就给它们取个新名字——犰狳吧。”大花斑豹温和地说，“别担心，我的孩子，我们以后不理会它们就行了。现在，让我们再出去找找其他的食物吧。”

小花斑豹点了点头，跟上了妈妈的脚步，决定从此以后再也不为刺猬、乌龟的事情伤脑筋了。

由于亚马孙河边的刺猬和乌龟长得几乎一模一样，生活在附近的人们就将它们统称为犰狳。不过，在世界的大多数地方，刺猬和乌龟还是叫着自己原本的名字，有着完全不同的生活习性、性格和外形。

我未曾踏足绿林亚马孙，
巴西风情之魅，尚待揭晓，
心中有梦，便可扬帆起航。
白身金饰的巨轮宛如画中游，
每周自南安普敦破浪东行，
直抵里约，那海岸的尽头，
向南行，向南去，心向巴西游！
青春正好，渴望远方，
乘船远行，心中欢畅。
未曾见豹影和犰狳的模样，
巴西奇迹，待我亲探细究。
向南奔，向南闯，勇闯巴西乡，
啊，愿时光不老，我先扬帆远航，
期待那天，乘风破浪，勇往直前闯！

第八章 第一封信是怎么出现的

1

距今一万年前，我们的地球上生活着一群原始人。他们既不属于封建社会，也不属于奴隶社会，人们将这段时期称为新石器时代。我们今天要讲的故事，就发生在那段古老的岁月里。

特古麦·波普苏莱是这群原始人中的一员。他从来没有接触过文字和科学，像动物一样生活在洞穴里。但是特古麦对此完全不介意，他对自己的生活状况非常满意。

特古麦的妻子名叫特束麦·特文德洛，她是个温柔美丽的好姑娘，两人非常恩爱。他们有一个活泼可爱的女儿，特古麦给她取名为塔非麦·米塔路麦。塔非麦是个贪玩好动的小姑娘，经常缠着爸爸，要他陪着自己去各个地方玩耍。

对特古麦和特束麦而言，塔非麦就是他们心尖上的小宝贝。即使有时候塔非麦闯了祸，他们也不忍心对她太过严厉。这一天，特古麦照例外出打猎，他提着自己最称手的长矛，穿过山林，蹚过沼泽，前往瓦嘎河。如果运气好，他就可以在这里逮到不少鱼，这样一家人在接下来的几天里都用不着为食物发愁了。塔非麦紧紧地跟在特古麦身后，她非常喜欢跟着爸爸一起外出打猎，因为在打猎途中总会发生许多新奇有趣的事情。

特古麦踏入瓦嘎河中，将镶嵌着鲨鱼牙齿的长矛对准了水面，静静等待着鱼儿游近。不一会儿，鱼儿游过来了。特古麦眼疾手快地冲着水中一叉——咔嚓！令他们意想不到的是，狡猾的鱼儿逃脱了，特古麦手里的长矛重重地叉到了河床上，木质的矛杆从中间折断，长矛彻底坏掉了。

这下可糟糕了，特古麦只带了这一根长矛出来啊！如果现在修理它，得花很长时间，那样的话，就不能继续打猎了。没有捉到鱼，也没有任何储备的食物，天黑以后，他们一家三口只能饿肚子。塔非麦也着急起来，她绕着爸爸转来转去，努力想着办法。

“别担心，塔非麦。”特古麦摸了摸女儿的小脑袋，“让我来试着把这根长矛修好吧。”

塔非麦灵光一闪，叫道：“我有个主意，爸爸！我记得家里还有一支备用的长矛，我这就回去把它取来！”

“就算你能把它取来，也要在路上花费很长时间。”特古麦摇了摇头，说道，“更何况，你的年纪还小，独自跨越河狸沼泽对你来说太危险了，我不会让你回去的。”

特古麦的态度非常坚决，他没有再和塔非麦多说什么，直接坐下来开始修理长矛。幸好他随身带着各式各样的修理工具，包括驯鹿筋、蜂蜡和树脂等。

塔非麦叹了一口气，只好坐到爸爸身边。她的眼睛一眨一眨的，还在琢磨其他办法。忽然，她眼睛一亮，说道："我知道了，爸爸，如果我们能写字交流就好了！只需要给妈妈写一封信，托人带回家去，妈妈就能及时知道我们这边的情况，将备用的长矛送过来了。"

"你说得对，我的孩子。"特古麦点了点头，说道，"但是谁会写信呢？我们身边的人可全都不会啊。"

2

就在塔非麦思索着有关写信的事情时，一个来自特瓦拉部落的外地人向他们走来。他满面风尘，走到河边掬了一捧水喝，然后走过来，打算和特古麦父女俩打招呼。

"您好呀，陌生的朋友！"塔非麦热情地向他招了招手，大声叫道，"能否请您帮忙到我家跑一趟？只需要经过河狸沼泽，就能找到我家了！"

在新石器时代，不同部落之间语言不通，这个外地人根本听不懂塔非麦在说些什么，只好对她露出了抱歉的微笑。

"唉，您根本听不懂我说的话，这可怎么办呢？"塔非麦苦恼地嘀咕着，就在这时，一大群鱼儿摇头摆尾地游了过去。如果他们有一根长矛，肯定能大丰收！可是现在，他们却束手无策。

“别打扰别人，塔非麦。”特古麦随口说道，他正在埋头忙着修长矛，完全没看到塔非麦冲着鱼儿叹气的模样。

“但是，我们总得想想办法呀！要是他能够给家里捎个信儿，那不就简单多了吗？”塔非麦不服气地反驳道。

“好吧，你想做什么就去做吧。只有一条，不要打扰我修长矛。”说完这句话，特古麦又低下头去忙活了，他用嘴巴咬住驯鹿筋的一端，将两截断裂的木头紧紧地绑在一起。塔非麦再一次站起身来，冲着那个外地人招手。她指了指正在专心工作的父亲，又向外地人比画了半天，试图让他明白他们正在修长矛。

“这女孩到底想要对我说什么呀？”外地人心想，“她不断地冲我挥手,叽里咕噜地说话,难道是在对我表示欢迎吗？没错,一定是这样！她大概是酋长的女儿吧！那么,她身边的男人难道是他们部落的酋长？难怪我过来这么久，他都没有正眼看过我。身为酋长，有些傲慢严肃也并不奇怪。”

于是，外地人在心里认定特古麦是一位酋长，连忙向他深深地鞠了一躬，恭恭敬敬地说了一番称赞的话。虽然塔非麦也听不懂这个外地人在说什么，不过她大致明白了，这个外地人是善良友好的，他并没有恶意。

“请您帮帮我们，好吗？爸爸说我的年纪太小，不允许我独自穿过河狸沼泽，他担心我会遇到危险。您能不能穿过沼泽，去我家一趟呢？我家的备用长矛挂在火炉边，等您到了我家门口，只需要指一指那根长矛，我妈妈就明白您的意思了！”塔非麦一边比画，一边说了这段话。

“她肯定想让我为她做些什么。”外地人琢磨着，“唉，我哪敢不答应她的要求呢？她父亲是酋长，如果我让她不高兴了，酋长只要一声令下，我就再也没办法离开这个部落了！”想到这里，外地人不禁慌张起来，他从旁边的白桦树上弄下一块树皮，用双手捧着，递给塔非麦。这是他们部落特有的行为，意指自己的内心像白桦树皮一样干净，绝对没有一丝一毫的坏心眼儿。

塔非麦连忙接了过来，她端详着这块白桦树皮，非常高兴。她说：“谢谢您，好心的外地人！我明白您的意思了，您是想让我详细描述一下我家的位置，所以给我递来了一块白桦树皮，对吗？可是我没有称手的石块，没办法在树皮上画画啊。这样吧，您可不可以把您脖子上的鲨鱼牙项链暂时借给我用一下呢？”

外地人睁大了眼睛，显然是没听懂塔非麦的话。塔非麦没有办法，只好伸手抓住外地人项链的边缘，轻轻晃了晃。

这个动作可把外地人吓了一跳，要知道，这条项链是部落里的一位巫师送给他的。据巫师说，这条项链上附有强大的魔力，如果有人未经允许随意触碰它，就会立即受到上天的惩罚。但是，为什么塔非麦没有遭遇任何不幸呢？外地人紧紧地盯着塔非麦，他再次确定，这个女孩绝不是普通的当地住民。他连忙摘下了自己的鲨鱼牙项链，恭恭敬敬地用双手奉上。

塔非麦接过了鲨鱼牙项链，再一次向外地人道谢，随即专心致志地画了起来。她一手摆弄着鲨鱼牙，一手摆弄着白桦树皮，摇头晃脑地说：“我该如何描述我跟爸爸遇到的这些事呢？让我想想……嗯，没错，就是这样！首先，我要画一个小人代表爸爸，在叉鱼的过程中，爸爸不小心将长矛折成了两段，因此我们需要一根备用长矛……但是白桦树皮实在太小，我只能将备用长矛画在爸爸身上，但是我相信妈妈会明白的！看到这根黑色的备用长矛了吗，好心的外地人？这就是我请您去拿的东西。让我再画一个小人代表您，还有一个小人代表我自己吧！这样，妈妈一看就知道这些小人指的是谁了。为了区别小人的不同身份，我会给自己画上一根根竖起的长头发……你看，我画得很不错吧！”

外地人一直在认真地看着塔非麦画画，每多画一笔，他心中的震惊就增加一分。“天哪！”他心想着，“我明白她的意思了，她是在向我描绘部落里即将发生的一场战争！瞧这散落的长矛，其中一支还刺中了她父亲的心脏！怪不得他自始至终都没有对我说一句话，原来是正在全神贯注地思考如何备战呢！天啊，这是一位多么值得尊敬的酋长啊！”

塔非麦根本不知道外地人误解了她的意思，她还在专心画画。她细致地画出了通往自己家的路，用树木代表树林，石堆代表小山，还画了河狸沼泽。不过，她不知道应该如何画河狸，只好随便画了一堆河狸脑袋。在河狸沼泽下方，塔非麦用箭头标记出了一个山洞，那就是她的家。

塔非麦郑重地将白桦树皮交给了外地人，外地人点点头，表示自己一定会将这份重要情报送达目的地。他转身冲入了树林，向着塔非麦指示的方向全力奔跑。

塔非麦感到非常高兴，她乐滋滋地回到了父亲的身边，嘴角止不住地上扬。

“你刚才是在和那个外地人说话吗？你们都说了些什么？”特古麦终于将长矛基本修好，能够休息一会儿，跟他的女儿说说话了。

“我做成了一件了不起的事情，爸爸！”塔非麦骄傲地说，“但是，我要暂时保密。等您待会儿看到我的成果，肯定会大吃一惊的！”

特古麦笑了笑，他知道塔非麦经常说一些孩子气的话，因此也就没有继续追问下去。对他来说，捕鱼打猎才是更重要的事情，他拿着长矛匆匆地走向河边，再次投入到捕鱼的工作中去了。

3

外地人攥紧了塔非麦交给他的白桦树皮，一路狂奔。他穿过了树林，翻过了小山，蹚过了河狸沼泽，一口气跑到了塔非麦一家居住的山洞洞口，一眼就看到了塔非麦的妈妈特束麦。特束麦刚忙完家务活儿，正在和邻居们闲聊呢。

塔非麦母女俩长得很像，特别是那双明亮的眼睛，因此外地人一眼就看出，特束麦是塔非麦的家人。他连忙走了过去，恭恭敬敬地将手里的白桦树皮递了过去。

然而，当特束麦看到白桦树皮上的图案时，顿时吓得惊叫起来。她哆哆嗦嗦地指着外地人，不由分说地冲过去对他拳打脚踢，身边的邻居们看到这一幕，也冲上来殴打外地人。外地人连连求饶，但是根本没有人能听懂他在说什么。

“你们瞧！你们瞧！”特東麦声嘶力竭地叫道，“你们瞧他送来的画！我丈夫身上居然插着一根长矛，这肯定是他下的毒手！我可怜的女儿塔非麦在旁边目睹了一切，连头发都吓得竖了起来！天哪，世界上居然有这样狠毒的人，他还要将这一切都画下来给我看！”

周围的邻居一个个地接过特東麦手中的白桦树皮，轮流观看这幅可怕的画，纷纷表现出了强烈的愤怒。

特東麦浑身发抖，流下了悲伤的眼泪：“我可怜的丈夫，他遭受了怎样的折磨啊？你们瞧，洞穴外的沼泽里埋伏着一群人，特古麦所在的河边也有一群人！他们究竟想干什么？他们肯定都是些不怀好意的家伙！”

特東麦死死地抓住了那个送信的外地人，邻居们一边破口大骂，一边往他身上泼泥浆，最后胡乱推搡着他，将他带到了酋长的面前。特東麦重重地敲响了酋长家门口的大鼓，将部落里的所有人都召集到了这个地方。

“特東麦，到底发生了什么事？你们为什么带了一个陌生的外地人过来？”酋长奇怪地问。

“酋长先生！特古麦遭遇了不测。”特東麦悲痛地说，她将白桦树皮递给了酋长，详细地解释了画中的意思，“肯定是这个居心叵测的外地人暗害了他！我猜我的女儿塔非麦也被他捉走了！请您救救他们吧，酋长先生！”

“在我的部落里居然发生了这样的事，真是难以置信！”听了特束麦的话，酋长也发怒了，“把他抓起来！在我宣判他死刑之前，他最好老实交代特古麦和塔非麦现在在哪里！”

外地人好心将白桦树皮送到塔非麦的家人手中，却遭到了极为粗暴的对待。尽管他一遍遍地解释着自己的想法，可是没有人能听懂他的语言。最后，外地人只能默默地承受着所有的殴打和谩骂，被人们推搡着向外走去。他隐约明白了这些人的意思，因此将他们带到了瓦嘎河。

4

外地人将大家带到瓦嘎河后，所有人都愣住了。河边没有任何打斗的痕迹，没有折断的长矛，也没有埋伏在暗处的坏人。特古麦和塔非麦都好端端的，没有遭遇任何不测。特古麦正专心致志地在河里抓鱼，塔非麦则盘坐在树荫下编花环。

“咦，妈妈来了！”听到脚步声的塔非麦抬起头来，脸上露出惊喜的表情，“她收到我的信了，对不对？这真是太好了！爸爸，您瞧，这就是我说的那件了不起的事情！可是，妈妈为什么带了这么多人过来呢？”

“确实很了不起，可是，这到底是怎么一回事呀？”特古麦又好气又好笑，他不解地问，“为什么整个部落的人都来到了这里？塔非麦，我的孩子，你知道原因吗？”

部落里的成员围成一圈，将那个狼狈不堪的外地人一把推了出来。他浑身沾满了泥巴，手脚被紧紧捆住，看起来可怜极了。特古麦走上前去向酋长问好，他正要问问酋长这是怎么一回事，就听见人群中传来了一声深情的呼唤。

“特古麦！我的天啊，特古麦！”

特束麦从人群里冲了出来，她紧紧地搂住了特古麦的脖子，一遍遍地亲吻他，哽咽地诉说着自己的担忧。

“好了，现在告诉我们，这里到底发生什么事了？快给我们说清楚！”酋长强行将特古麦和特束麦两人分开，紧紧地攥着特古麦的脖子，皱着眉头问道。

“说清楚！说清楚！”部落里的其他成员也纷纷叫喊起来。

“我的好酋长，不管怎么说，都请您先放开我吧！被您这么勒着，我都快喘不过气了！”特古麦喊道。酋长这才意识到自己使的力气有些大了，不好意思地放开了手。特古麦松了一口气，这才说道：“你们想知道什么呢？我一早带着女儿塔非麦外出打猎，却在抓鱼的过程中不小心折断了长矛，不得不花很多时间来修理它。太阳都快偏西了，我却还没捕到几条鱼。今天发生的事情就是这些，没别的了。”

塔非麦也感到奇怪：“哎呀！你们为什么要这样对待这位外地人？他帮了我的忙，是我们的朋友呀！”

外地人费力地抬起头来，冲着塔非麦说了一串儿她听不懂的话。他的嘴不知道被谁狠狠地揍了一拳，吐字含糊不清。不过，就算他言辞清楚，这里也没有人能理解他的语言。

“别管这个外地人了,我的宝贝。”特束麦紧紧抱住了自己的女儿，关切地问，“快告诉我，到底是谁想要伤害你？他们用长矛刺你爸爸，是不是？”

“您到底在说什么呀，妈妈！”塔非麦哭笑不得地说，“爸爸和我好好地在水边捕鱼，什么坏事都没有发生！从早上到现在，我只是托那个外地人送去了一封信而已！”

“你所说的信应该就是这个吧。”酋长取出了那幅画在白桦树皮上的画，说道，“这幅画让你的妈妈非常担心。我们都认为，这支长矛刺中了你的父亲，你们遇到了可怕的危险。”

“我画这幅画的时候并不是这样想的……”塔非麦赶紧解释。

“什么？”所有的人都惊呆了，“这幅画是你画的？不行，快说说看，你究竟为什么要画这样一幅画？”

“你真是让妈妈担心极了，塔非麦！”特束麦说，“快告诉我们，这究竟是怎么一回事？”

所有的人都紧盯着塔非麦，她抱歉地低下了头。

“真是对不起。”她说，“我完全没有想到事情会变成这个样子。爸爸的长矛意外折断以后，我急着想为他找来备用长矛，就想到了画画送信这个办法。为了表达长矛折断的意思，我画了根断裂的长矛。但是树皮太小了，我只好把备用长矛画在了爸爸身上。为了给外地人指路，我画出了河狸沼泽和一群小河狸的头，也许妈妈把它们误认为是在路上埋伏的坏人了。事情的经过就是这样，你们真的错怪这位好心的外地人了！”

听完塔非麦这番话，大家面面相觑，不知道该说些什么才好。最后，酋长大笑起来，他拍着手，捂着肚子，笑得连一句完整的话都说不出来。紧接着，特古麦也笑了，在场的所有人都笑得直不起腰来。

“你呀，你呀，塔非麦！”酋长笑着拍了拍塔非麦的肩头，说道，“你这项发明真是了不起！”

“了不起？我可不这么觉得。”塔非麦沮丧地低下了头，“我原本只想给爸爸找来一根备用长矛，没想到连这么一个小任务都没能达成。”

“这有什么！一项重要发明要想成功，总会遇到各种各样的阻碍！”酋长高声说，“你的这项发明可以称为‘写信’！目前我们只能通过绘画来表达意思，不过图画很难传达出准确的信息，很容易闹出像今天这样的笑话来。但是，你不要觉得灰心，孩子。等我们发明出了属于自己的文字，写信就会变得非常方便了。现在，让我们向这位外地人朋友好好道个歉吧，他浑身上下都是肮脏的泥点，必须好好洗个澡才行。”

“您这样说，我心里好受多了。”塔非麦仰起了小脸，忍不住也笑了起来，“你们带来了部落里所有的长矛，准备好好地打一场仗，唯独没有把我爸爸的备用长矛带来，这件事真是有趣极了！”

“没错，我的孩子。下次你可要记住啦，如果要托人送信，一定不能托语言不通的外地人送信，他完全不懂我们的语言，又没办法解释这幅画的意思，可不就闹出误会来了吗？”酋长笑着说。

部落里的人围到那位好心的外地人身边，解开了他身上的绳子，为他洗去身上的泥点，诚恳地向他道歉。幸好这位外地人是个心地善良的人，尽管部落里的人误会了他，他却并没有记仇。酋长向这位外地人赠送了丰厚的礼物。之后，部落里的人又邀请这位外地人加入了自己的部落。

从那以后，不少女孩都学着塔非麦的样子，用图画来描述自己遇到的事情，直到今天也是这样。我想，她们一定都是些活泼可爱的孩子，一定都很喜欢和她们的父亲外出玩耍吧。

梅洛之丘，古径如画，丝带般蜿蜒延展，
岁月悠长，草掩旧迹，往昔喧嚣风中传。
吉尔福德古城，静默守望时光变迁，
瓦嘎河水涌动，波澜壮阔，古韵悠悠流淌。
忆昔英伦，人海如潮，熙熙攘攘不知倦，
古道车马奔腾，尘土飞扬，繁华长巷映眼帘。
腓尼基商旅，驼铃声声悠扬，缓步穿越市集，
驻足此地，畅谈古今，智慧火花碰撞欢。
惠特比煤玉，南海明珠，汇聚此处耀光芒，
锡罐映贝帽，光彩夺目，交易场上歌悠扬。
绿坡野牛，悠闲咀嚼，青草间沐浴夕阳，
特古麦族，择此桃源，筑梦土上享安宁。
溪边河狸，巧手筑巢，自然之艺显神通，

布兰里村泽，泥泞生辉，生命乐章正奏响。
棕熊舍尔，访客常至，与塔非麦共欢畅，
友谊之地，生机勃发，和谐共谱新篇章。
瓦嘎河畔，深邃辽远，滋养一方热土情，
特古麦族，生生不息，壮丽史诗传古今。
岁月轮回，山河依旧，故事传唱永不朽，
大地之子，梦织未来，历史星河永奔流。

第九章 字母表是怎么形成的

1

几周前，塔非麦闹出了一桩不大不小的笑话。她和爸爸外出打猎的过程中，画了一幅画，托外地人帮她送去家中。没想到，妈妈误会了画里的意思，和送信的外地人翻了脸，差点儿就闹到无法收场的地步了。这件事发生以后，部落的酋长一笑而过，但是塔非麦的父母对她进行了长时间的严厉教诲。最后，她的母亲特東麦说："你就留在家里好好反省这件事吧，塔非麦！这段时间别再四处乱跑了！"

塔非麦委屈地在家里待了好几天。直到她爸爸特古麦准备再次外出打猎的时候，塔非麦终于按捺不住了。

"爸爸，爸爸，带上我吧！"她焦急地说，"我保证不会捣乱，我会乖乖跟在您身边，看您捉鱼！"

特古麦是一位疼爱孩子的父亲，他笑着同意了。塔非麦兴奋得一蹦三尺高，紧跟在爸爸身后冲出了家门。再次走在熟悉的瓦嘎河畔，塔非麦回想起几周前发生的事情，笑得直不起腰。

“爸爸，爸爸，您还记得吗？当时酋长伯伯他们急匆匆地赶过来，却看到我们安然无恙地站在河边抓鱼，他们脸上的表情多精彩呀！还有那个外地人！他本来是多么英俊漂亮的一个人呀，当时却从头到脚都被糊满了污泥，脸上青一块紫一块的，一想起他那副狼狈的样子，我就忍不住想笑！”

“你这孩子！”特古麦长长地叹了一口气，“这件事造成了这么大的影响，你怎么还笑得出来？你知道吗，为了平息这件事，爸爸妈妈不得不向亲朋好友们逐一道歉，还送了两块最好的鹿皮给那个可怜的外地人，尽可能向他们表达歉意，得到谅解。”

“有这么严重吗？我看那位外地人既善良又热情，他肯定会明白，这只是一场误会。”塔非麦嘀咕道，“况且，这件事情也不能完全怪我，妈妈和邻居们也不应该不分青红皂白地向他泼泥浆。”

“别再说啦。”特古麦摇了摇头，拍了拍塔非麦的小脑袋，“时间已经不早了，我们抓紧时间吃点儿东西，下午继续抓鱼。”

塔非麦点了点头，她和爸爸带来了足够的髓骨作为午饭。塔非麦吃饱喝足，心满意足地舔舔嘴唇，却发现身旁的爸爸半天都没有吃东西。塔非麦探头一看，只见爸爸正在用鲨鱼牙齿摩挲着树皮，仿佛也要在树皮上画画。

“爸爸！爸爸！”塔非麦叫了起来，“我有一份特别的礼物想要送给您！”

“是什么礼物呀？我的孩子。”特古麦笑了起来，“你上次也这么说，后来送给我的礼物可真让我大吃一惊。”

“放心吧，这次的礼物绝对和上次不一样！”塔非麦信心满满地说，“听我说，爸爸。您发出一个声音，随便什么声音都行。”

“随便什么声音吗？”特古麦说，“我就发一个最简单的声音吧。A（啊音）——这个声音符不符合你的要求呢？”

“没问题！”塔非麦欣喜地叫了起来，“爸爸，您发出这个声音时的表情真是太有趣了，看起来像是一条张大嘴巴的鱼！您再说几遍，好不好？”

“A！ A！”特古麦满足了女儿的要求，最后，他自己也忍不住笑了起来，“你这个调皮的小丫头，肯定在跟我闹着玩儿，我居然真的以为你会送给我什么礼物呢。”

“爸爸，您怎么能这么说呢？我给您的礼物很快就准备好了！”塔非麦连忙解释着，从特古麦手中接过了鲨鱼牙齿和树皮，“让我来告诉您吧，想要得到这份礼物，首先，我们要画一条鱼，这条鱼的嘴巴最好张得大大的，让人一看就能联想到‘A’这个声音，您能明白我的意思吗？”

“我明白你的意思。”特古麦说，“可是，画出一条这样的鱼能有什么用呢？”

“总会有用的，您就瞧着吧！如果妈妈同意，我就把这张画着鱼的树皮挂在我们的山洞里。每当看到这幅图画，我就会想起像鱼儿一样张大了嘴的爸爸，想起‘A’这个音节。对了，爸爸，您还记得吗？您第一次带我外出打猎的时候，我悄悄地躲在了河狸沼泽边，当您慌慌张张地跑来找我的时候，我就‘A’地大叫，多好玩儿呀！以后我们

看到这幅图画，就会想起那时候的趣事了！”塔非麦说。

特古麦开始认真地思索起女儿的这番话，他似乎想到了一些其他的事情。

“别在那里发呆呀，爸爸，快瞧一瞧我的画！”就在这时，塔非麦又嚷嚷起来，“快教教我，我根本画不出一条完整的鱼，只能画出一个类似鱼嘴巴的图案。好吧，这样看起来算作一条鱼。不过您瞧，它的确张开了嘴巴，发出了‘A’的声音。我做得相当不错呢。”

“没错，你做得相当不错，我的孩子。”特古麦笑着点了点头，“再给它画上两条触须吧。”

“触须？我不知道怎么画触须……”塔非麦感到有点儿头疼。

“我来教你，这非常简单。”特古麦说，他接过了塔非麦手中的鲨鱼牙画笔，“你看，只需要这样几根线条，让触须穿过鱼儿的嘴巴，这样就更像一条鱼了，对不对？”

“您说得一点儿都没错，爸爸！”塔非麦欣喜地叫了起来，“补上触须以后，这幅画就显得更加灵动了！以后，只要看到这幅画，您就会想起今天的事情，对不对？”

“不只会想起今天的事情，我还会想起一个躲在河狸沼泽旁边的小女孩，冲着我‘A！ A！’地叫呢！”特古麦说。父女俩不约而同地笑了起来。

“好！为了记住‘A’的发音，我们画了一条长着触须的鱼。接下来，让我们再画一幅新的画儿吧。快点儿再想一个发音，爸爸！”塔非麦催促道。

特古麦想了想，张大了嘴巴叫道：“Ya（呀音）！”

“呀……这个发音可有点儿特别呢。”塔非麦歪着头，冥思苦想，“这个发音的后半部分也是‘A’，因此我们仍然可以用鱼来表示，但是前半部分的‘Y（咿音）’却不太容易表示。让我想想看……”

“只要读得足够快，‘Ya’和‘A’也没什么两样，让我们再画一条鱼吧，连续用两条鱼指代‘Ya’，好吗？”特古麦帮女儿想办法。

“不，不行。”塔非麦说，“如果都是鱼，我们以后肯定会搞混的。这样吧，我们用鱼的脑袋来指代‘A’，用鱼的尾巴来指代‘Y’，就不会搞混了！况且，鱼钻出水面后会露出脑袋，钻进水面前会露出尾巴。

“没错，你的主意真棒！”特古麦点点头，为聪明的女儿感到骄傲，他拿起画笔，迅速在树皮上画出了一条鱼尾巴，“那么，就这么定了，以后我们用鱼的尾巴来指代‘Y’这个声音！”

“画得太漂亮了，爸爸！”塔非麦高兴地说，“这么形象的鱼尾巴，我可画不出来。不过，我可以尝试用简单的线条来代表我的意思。喏，就这样描画出轮廓，再用粗线条相连……您看，是不是这样呢？”塔非麦一边说着，一边将自己心目中的鱼尾巴画了出来。

“太棒了！塔非麦！”特古麦由衷地欢呼，“你的画真的很有创意，而且非常形象！”

2

“现在，我们已经解决了有关‘Ya’这个发音的画法，可以继续研究下一个发音了。”塔非麦催促道，“快点儿呀，爸爸！再发出一个声音来听听！”

“O（哦音）！这个发音怎么样？”特古麦说。

“哈哈，我知道这个发音应该怎么画，爸爸！当您念这个发音的时候，您的嘴巴就像一块圆圆的石头，或者像一个圆圆的鸡蛋！没错，我们就画这个图案吧！”塔非麦说。

“很好，塔非麦！”特古麦赞扬道，“照我看，只需要简单地画一个圆，就足够指代这个发音了，对吗？”

“是的！是的！”塔非麦拍着手叫了起来，“瞧，这么一会儿工夫，我们画出的图案就能够指代这么多声音了——鱼嘴巴形状的‘A’、鱼尾巴形状的‘Y’，还有圆圆的‘O’！我们可真是了不起！爸爸，再想一个发音吧。”

“S（咝音）——”特古麦专心致志地思考着，无意识地发出了这个声音。

“S！这个发音很容易画出来，看我的，爸爸！”塔非麦兴冲冲地说着，她已经迫不及待地开始在树皮上画起来了。

“什么？噢不，我的孩子，那不是我想出来的发音，只是我思考时不经意发出的声音而已。”特古麦连忙说道。

“我明白，爸爸，反正这也是一种发音，不是吗？蛇也会发出同样的‘嘶嘶’声，对吧？当我们看到蛇的时候，就会想到它吐信子的声音。我们还会想到，思考问题时，也常会发出这个声音。我想，用一条蛇的图案来指代这个声音最合适不过了！”塔非麦一边说着，一边飞快地在树皮上画下了一条蛇。

“你说得很对，我的孩子。”特古麦连连点头。

“爸爸，我又想到了一个好主意！我们可以在生活中应用这些图案呀！如果您在专心修理长矛，不希望被人打扰时，就可以在山洞门上画上这条蛇，指代‘S’的声音。这样我就会明白您的意思，然后小心翼翼地走进山洞，尽量不打扰您。假如您在河边捕鱼，也可以在河旁边的树上画下这条蛇。那么，当我们靠近的时候，就会尽可能放慢脚步,以免吓跑水里的鱼。您瞧,这不是一个既实用又有趣的发明吗？”

“完全正确！天哪，这绝对是一个了不起的发明，我的孩子！”特古麦惊叹道，“从此以后，我们部落所有的人都可以用这些图案来表达意思，这简直是我们文明的一大进步，可以与我们用鲨鱼牙代替燧石制作长矛的发明相媲美！”

“我……我完全没想到，它居然会这么有用。爸爸，我们还可以创造出哪些发音的图案呢？”

特古麦没有直接回答女儿,而是露出了一个神秘的微笑。他说：“让我来问问你吧，塔非麦，部落里的人怎样表达‘水’的？”

“当然是 Ya（呀音）啦。无论是我们日常饮用的清水，还是江河湖泊中的水，都可以用这个声音来表示。不过，每条河还有它们独特的名字，例如我们经常去的瓦嘎河，就可以说成‘瓦嘎 Ya’。”塔非麦回答。

“是的，洁净的水都被称为‘Ya’。但是，混有污垢和杂质的水应该如何说呢？比如说，河狸沼泽里的水，虽然也是从江河湖泊中流出来的，但是没有人会饮用，除非他想生病。”特古麦又说。

“让我想想，部落里的人们会说成‘Yo（哟音）’，对吗？”

“没错。现在让我们来探讨一下如何表示这个声音吧。如果你看到了这样的标记，你会联想到什么呢？”特古麦一边说话，一边在树皮上画下了一个图案。塔非麦凑了过去，仔细打量着这个复杂的图案。

“一条鱼尾巴和一个鸡蛋，对吗？我想这应该是两个声音的连读，就像是‘Y’‘O’——‘Yo’？”塔非麦眼睛一亮，连连点头，“是的，恰好可以表达‘Yo’的意思！如果看到了这样的标记，我们就能明白，这里的水混有污垢和杂质，绝对不能喝！我们也许可以在河狸沼泽旁边画上这个图案，用来提醒部落里的小孩子。”

“但这些图案还不能满足我们所有的需求。我除了会前往瓦嘎河边捕鱼，还有可能会进入树丛打猎，那又该如何表示呢……”特古麦皱起了眉头。

“这有什么好担心的呀，爸爸！”塔非麦叫了起来，“只要我们能够熟练运用不同的图案，我们就可以拼出各式各样的声音。当您要前往树丛打猎的时候，您同样可以用石块在旁边的树木上刻画一条鱼尾巴和一个鸡蛋。只要我们看到这个标记，很快就会明白您去哪里了！天哪，我们想出了一个多棒的主意啊！爸爸，我们快回家吧，我迫不及待想要把这一切告诉妈妈了！”

塔非麦实在太高兴了，忍不住围着特古麦手舞足蹈起来。特古麦笑着摇了摇头，拉住了她：“别这么急急忙忙的，我的孩子。等我们想出更多的图案，再回去告诉你妈妈也不迟。不同的声音可以组合成词语，词语可以连接成句子，表达更多的含义。我想，我们可以把这种最简单的图案称为‘字母’。再想想看，还有什么图案可以表示声音？比如，我们外出打猎，将近中午的时候肚子饿了想吃东西，那么，食物应该怎样表达呢？”

“我知道！‘So（嗦音）’可以表达被煮熟的食物，当它用图案来表示，就是一条蛇与一个鸡蛋，对不对？光是看到这个图案，我就已经能闻到饭香味了！下一次妈妈就可以将这个图案画在路边的树上，当我们打猎归来看到时，就知道妈妈已经把饭做好了！”塔非麦是个聪明的姑娘，很快就能够活学活用了。

“这是个好办法，但是我们仍然需要注意，相近的声音有可能会表达不同的含义。如果我们不把它们区分开来，很容易产生误会。举个例子，‘So’是指煮熟的食物，但是与之相近的‘Sho（说音）’则是晒杆的意思。如果只画出一条蛇和一个鸡蛋，我们很难判断这个图案究竟是什么意思。”特古麦认真地说着。他相当细心，能够想到大多数人想不到的事情。

“您说得对，爸爸！”塔非麦一想到家里那根用来晾晒东西的晒杆，就皱起了眉头，“我不喜欢晾晒东西的工作！每次打猎结束，我们都要剥下猎物的皮毛，清洗干净，晾晒好几天。它们总是会发出难闻的气味，我真是受不了。如果我看到了蛇和鸡蛋的图案，满心以为妈妈准备好了香喷喷的饭菜，回家却看到满地都是臭烘烘的兽皮，那该有多失望啊！”

“那样的误会的确会让你和你妈妈都不开心，我的孩子。”特古麦温和地说，“这样吧，我们想一个办法来区别表示‘So’和‘Sho’的图案。画一条带花纹的蛇怎么样？如果出现了带花纹的蛇，我们就会明白，家里有许多兽皮等着晾晒呢。”

“我不知道该怎么画带花纹的蛇。”塔非麦嘟囔着说，“况且，我们在工作过程中随手画下的图案能有多准确呢？如果我们画得太匆忙，一不小心就会忘记画花纹，这样还是会产生误会。”

“那你有更好的建议吗？”特古麦问道。

塔非麦想了想，说：“不如我们直接画一根晒杆吧！把它画在蛇形图案的后面。这样既简单又明了。”

说着，她立刻拿起鲨鱼牙齿做成的画笔，认认真真地画起了晒杆，一边画，一边小声地嘀咕：“……这样就行了！既有带花纹的蛇，也有晒杆，只要我一看到这样的图案，就会明白有什么工作等着我了。唉，我可真讨厌晾晒兽皮这个工作。”

“尽管你不擅长晾晒兽皮，但你非常擅长绘画，不是吗？你瞧，你画的晒杆和家里那根简直一模一样。”特古麦拍了拍她的肩膀，说，“接下来我们又要造一个新词了，那就是我们在生活中经常会用到的武器，读音是‘Shi（诗音）’，没错，我说的就是我们打猎时必须用到的长矛。你知道怎样画长矛吗，塔非麦？”

“我知道您在想什么，爸爸！您肯定又想起我之前闹出的笑话了吧？”塔非麦吐了吐舌头。她知道爸爸是在笑话她之前画给外地人的那幅画。特古麦笑着打趣道：“不过，你画得确实不错。现在，让我们简化一下，只用一根竖线来表示长矛吧。”

“没错，我早该想到的！”塔非麦叫了起来，“如果我当时这么画，妈妈就不会误解了！来吧，我们现在就画！”塔非麦很快画好了长矛的图案，她接着说：“接下来我们应该研究哪个声音呢，爸爸？”

“接下来，我们应该将目光投向整个世界。”特古麦说，“比如，我们应该如何称呼天空呢？我们经常用‘Shu（梳音）’来表示蓝天和好天气，你快想想看，应该如何表达这样的声音。”

“Shu—Shu……”塔非麦重复着这个声音，在树皮上画出了蛇和晒杆，陷入了沉思，“我们目前所发明的字母没办法表达这个声音。我想，我们应该绘制一些新的字母！”

“当然可以，我觉得发这个音的时候嘴巴张得比发‘O（喔音）’的时候扁一些。”特古麦说。

“这样的话，那我就画一个扁扁的鸡蛋。”塔非麦突然灵光一闪。

“你可真聪明，塔非麦！那就试着画出这个扁鸡蛋吧！”

塔非麦很快就画好了这个新的字母，并拼出了代表“梳”的图案。她摇头晃脑地欣赏着自己的画作，忍不住笑了起来：“这幅画可真是古怪，就好像是一只因为长时间饿肚子而闷闷不乐的青蛙！”

“但是，塔非麦，这样对绘画水平要求很高。”特古麦指出了其中的问题，“如果画得不精确，将扁鸡蛋画成了圆鸡蛋，人们还是会误解它代表的意思。让我想想应该怎么办……如果我们将扁鸡蛋的一端打开，人们就会明白，这表示和圆鸡蛋的发音‘O’不同，扁鸡蛋的正确发音是‘U（呜音）’，这不就可以完美地表达我们的意思了吗？”

特古麦一边说，一边绘制出了一个图案作为示范，塔非麦立即鼓起了掌："爸爸，我觉得这个字母画得太棒了！”

好学的塔非麦立即拿起鲨鱼牙画笔，学着爸爸的样子画出了“U”的字母。她刚刚搁下画笔，特古麦就递来了另外一张树皮。

“看看这幅画，塔非麦。你能看懂画中的意思吗？”

塔非麦接过了树皮，看到好几个紧密排列的图案，她一边观察一边思考："蛇，晒杆，开口鸡蛋，鱼尾巴，鱼嘴巴……我从来没有见过这么复杂的图案，这是什么意思呢？”

“想想看，我的孩子。”特古麦鼓励她，“如果你能看懂这幅画，这就意味着我们的探索是成功的！”

“对了，我知道了！”塔非麦冥思苦想了一会儿，忽然叫了起来，“蛇、晒杆和开口鸡蛋画在一起，这不就是表示天空的‘Shu’吗？剩下的鱼尾巴和鱼嘴巴可以组成‘Ya’的发音，表示水。那就很简单了，天空中的水，不就是雨水吗？”

塔非麦的话音刚落，天空中就飘起了淅淅沥沥的小雨。塔非麦连忙用手遮住脑袋，又惊又喜。

“我明白了，爸爸！您之所以画这幅画，是为了提醒我快要下雨了！”

“一点儿都没错，塔非麦，你可真是个聪明的姑娘。”特古麦说，“这是个伟大的发明，不是吗？即使我们一句话都不说，也能准确地明白彼此的意思！”

“您用巧妙的方法教我学会了这个词，爸爸！这场雨给我的印象非常深刻。从此以后，只要我一看到‘Shu’和‘Ya’的组合，我就会想起今天的事情！”塔非麦高兴得又蹦又跳，为他们的成就感到激动不已。

“这可是我们交流的暗语。临出门前，您可以在墙壁上画出‘Shu’和‘Ya’提醒我，我就能提前将晾晒的兽皮全都收进屋子里，然后戴上御寒的河狸皮帽子！哈哈，妈妈肯定会一头雾水，不知道这一切都是怎么回事！”

但是，特古麦并不满足于此，他还想创造出更多更复杂的东西，他决定尝试用简单的图案拼凑出句子。他说：“如果我想表示‘雨不大的时候，我们可以去瓦嘎河旁边捕鱼’，应该画出怎样的字母图案呢，塔非麦？”

“让我想想……Shu-ya-las,yamaru（音：梳—呀—啦嗞，呀玛如——意：雨水要停了，河边来）！是吗？这个句子实在是太复杂了，爸爸，难道我们要用字母图案表示出这么多意思吗？我简直无法想象！”塔非麦睁大了眼睛，眼巴巴地看着爸爸，完全不知道应该怎么办了。

“别担心，塔非麦，我们一步一步来。”特古麦安慰道，“我们已经知道了‘Shu’和‘Ya’应该怎么表达了，‘S’也可以轻轻松松地画出来。我们已经解决了一半的问题，不是吗？目前，需要我们应对的难题是‘La（啦音）’这个发音，快想想看，‘La’应该怎样表示呢？”

“La、La……怎样表示‘La’呢？这可是一件麻烦事。在我们的部落中，‘La’可以表示中断、暂停、结束等一系列意思，所以我们经常在生活中用到‘La’这个音。”塔非麦咕哝着，忍不住打了个哈欠，她已经很疲惫了，“让我想想，我们会在什么场景下用到‘La’呢……如果妈妈做饭时忽然发现水桶空了，而这个时候爸爸又不在家，她就会说‘Yolas’;如果爸爸外出打猎，突然弄断了长矛，那就是‘Shilas’。如果能够画出‘Shilas’的字母图案,就可以轻松表达长矛折断的意思，我就用不着画那幅复杂的画了。”

“既然‘Shilas’会让我们想起被折断的长矛，那不如就用这个字母图案来代表‘La’吧。”塔非麦一边说，一边在树皮上画下了一条被折断的线。特古麦笑着点了点头，帮她在原本的字母图案上又增添了一条鱼嘴巴，共同组成了“La”的字母。

“太棒了！我们又攻克了一个大难题！”塔非麦欢呼道，“让我来把这些树皮分门别类地整理好，这样我们就能根据字母准确组合出想说的话了。接下来应该画‘Yamaru’了，‘Ya’是我们已经设计好的字母图案，剩下两个就需要重新设计了。‘Ma（玛音）’这个音必须先合上嘴巴才能发出来，那我们就画一张嘴唇来表示吧。”

“一张嘴唇和一个鱼嘴巴可以完美组成‘Ma’。”

“就是这样！还有‘Ru（如音）’的字母图案呢？这可怎么画呀？”塔非麦嘟着嘴，“我不怎么喜欢这个发音，听起来像是用鲨鱼牙齿锯木头的声音。”

“哈哈哈，你的形容实在是太精准了，我的女儿！”特古麦惊喜地说。他在树皮上画下了一排尖锐的鲨鱼牙齿，连齿面上每一条凹凸的痕迹都画得清清楚楚。

“您画得太复杂啦，爸爸！这样的字母没办法被大家记住！我想，只需要一颗鲨鱼牙齿就足够表达我们的意思了。”

“你说得对，塔非麦。”特古麦按照她的想法重新修改了字母的形状。

“我们总算将这句话用字母图案表达出来了！这可不是个轻松的活儿。现在，让我们把它整理到一起吧——Shu-ya-las,yamaru。就是这样！”

塔非麦将所有的字母写在一张树皮上，她打量了这句话一会儿，又想到了一件事：“这还不够，爸爸，我们应当在不同的字母间画出分隔符号，否则很容易搞混的，就用树枝隔开怎么样？整整齐齐排列起来，看起来多漂亮啊！”

“这是个好办法，塔非麦，不过当我们在墙壁上刻画字母符号时，就没办法用树枝分隔了。不过，如果在字母之间留出足够的空白，就完全可以解决这个问题。试试看吧！”特古麦一边说，一边将这句话工工整整地写在了树皮上，每个字母之间都留有空白，这样就不会使人产生误解了。

“Shu-ya-las,yamaru——没错，这就是我们自己创造出来的第一句话！来吧爸爸，我们再想一句其他的话！”塔非麦兴冲冲地叫道。

“我为你感到骄傲，亲爱的塔非麦。我知道你还想继续研究字母的秘密，但是现在已经太晚了，妈妈肯定已经等急了，我们快回家吃饭吧。明天一早，我们继续探索这些有趣的字母图案。”特古麦说，“我为它取了一个名字，那就是‘字母表’！以后，无论大家想要表达什么意思，都可以从字母表中查找字母，组合成词句。无论过去多少年，我们这一项发明都会使人们受益的！”

塔非麦心花怒放地点了点头。夜幕降临，一大一小两个身影穿过树林和河狸沼泽，走回了家里。

3

当父女俩兴高采烈地回到家中时，妈妈已经在门口等他们了。他们在暖和的山洞里吃着妈妈早已准备好的烤肉，吃得心满意足后，特古麦和塔非麦开始一边讨论着各种各样的词语，一边设计着简单易懂的字母图案。两个人说说笑笑，完全沉浸在其中。

“你们到底在说什么呀？”特束麦疑惑地问，“这是你们之间的秘密暗语吗？叽里咕噜的，我一句也听不明白！”

“我保证您会明白的，但是不是现在，妈妈！”塔非麦笑了起来，“这是我和爸爸共同完成的一项伟大发明，如果我们能研究成功的话，它一定会改变世界的。但是在此之前，还是让我们保守秘密吧！”

特束麦笑着点了点头，不再多问了。次日一大早，特古麦照例早早离开家，前往河边和丛林中打猎，同时还要思考一些有关字母表的难题。等塔非麦睡醒的时候，爸爸已经离开家很久了。她揉了揉眼睛，一眼看见墙壁上画着一串熟悉的字母图案，意思是“Yalas”。

“唉，字母表还能让爸爸指使我干活儿，我可真是没想到。”塔非麦咕哝着说，“Yalas，那就是挑水的意思，对吗？嗯，的确是这样，家里的水缸已经空了……”

塔非麦叹了口气，乖乖地起床工作。她挑着两只木桶走向了山洞后面的小溪，挑了满满两桶水回来，灌满了家里的水缸。

工作完成后，塔非麦的心情又变得愉快起来。她自言自语地说：“我不仅读懂了爸爸给我留下的字母，还按照他的吩咐做完了工作！爸爸一定会夸奖我的！”想到这里，她连一分钟都等不及了，立刻跑出山洞，穿过树林、山路和河狸沼泽，一路跑到了瓦嘎河边，找到了正在捕鱼的爸爸。

“爸爸！爸爸！”塔非麦兴高采烈地喊道，“我看懂了‘Yalas’的意思，挑回来了两桶水！这就是您想要我做的事，对不对？”

“完全正确。”特古麦也笑了起来，“那么，让我们继续讨论字母表吧。我想，今天我们就能将所有的字母都讨论清楚了。”

塔非麦迅速拿来了白桦树皮和鲨鱼牙齿，他们再次沉浸到了专注的讨论之中，塔非麦希望用字母来表示自己的名字，她说：“爸爸您瞧，特古麦、特束麦、塔非麦，我们一家人的名字都是以‘特’这个发音开头的！既然如此，我们为什么不专门设计一个字母，用来指代我们一家人呢？”

特古麦也赞同这个想法，塔非麦马上就画好了他们一家三口拥抱的全家福，但是这个图案实在是太复杂了，必须进一步简化才行。塔非麦摆弄着鲨鱼牙齿画笔思来想去，最后将多余的线条全部省去，只留下高个子的爸爸拥抱她们母女的图案，这便是字母“T”的雏形。

在文字的发展过程中，这样的情况并不少见。不少字母的形状最开始时繁复漂亮，却无法被人们完全传承下来。在漫长的岁月里，各种各样的字母经历了一遍遍简化，最终形成了今日的模样。不过在当时，特古麦和塔非麦父女俩并不知晓这一切，他们依然畅游在字母的海洋当中，不断尝试着组合各种各样的词语和句子，继续修改着复杂的字母形状。特古麦将带有花纹的蛇简化成了字母“Z”，用一根旋转的线条来代表字母“E”，将沼泽中的河狸形象简化为字母“B”。他们还给字母“N”安上了一条长鼻子，给字母“G”画上了一张夸夸其谈的大嘴巴。“K”由完好的长矛和折断的长矛组合而成，“W”则是一条蜿蜒流淌着的瓦嘎河。经过了一遍又一遍的耐心修改后，就连特古麦也认为，他们创造的字母表已经完美无缺了！

随后，他们决定以一种特殊的方式永久保存这一伟大发明——制作一条魔法项链，将这些字母镌刻在上面，作为特古麦部落的珍宝供奉于神圣的神庙之中。部落成员纷纷献出他们最珍贵的珠子和精美的饰品，作为制作项链的原材料。经过父女俩的精心打造，这项工程历时五年才得以完成。

这条魔法项链的绳子用纤细而坚韧的驯鹿筋为基础，驯鹿筋的外层精心缠绕着细铜丝。项链的起始处是一颗古老的银珠，它曾是部落祭司的珍藏。之后依次串联着三颗深邃的黑贻贝珠、一颗灰蓝色的陶珠，以及一颗表面粗糙、源自远方部落的金珠。接下来是一颗扁平长形的玻璃珠，这是从战场上带回的战利品，随后是两颗点缀着绿点与绿环的白陶珠。字母的呈现方式更是别出心裁：

A 被刻在麋鹿的长牙上。

B 则刻在远古象牙的碎片上。

C 选用了牡蛎壳内壁的一部分。

D 选用的是一个贝壳外沿的自然形状。

E 是由一根银丝卷曲而成的。

F 虽已残缺，但从它残留的部分可看出是一小段牡鹿角。

G 则以黑漆绘制在木片上。

H 选用了一枚硕大的棕色贝壳货币。

I 是特古麦耗时三个月精心打磨的贝壳内层。

J 源于珍珠母中取出的鱼钩。

K 是经过黑漆处理的细长骨片。

L 为一节断裂的银矛。

M 被镌刻在一个浅灰色贝壳的表面。

N 是一块特古麦雕琢了五个月的斑岩。

O 则是将牡蛎壳的中间掏空得到的。

遗憾的是，P 与 Q 在历史的长河中遗失了，因此有句耳熟能详的俗语："谨守你的 P 与 Q（言行举止需留意）。"

R 一眼便可认出，它是一颗鲨鱼牙齿。

S 为一条闪亮的银色小蛇。

T 是一根经过精细打磨、呈现为棕色的、光滑的骨头末端。

U 也是一片牡蛎壳。

W 是一块从大型珍珠母壳中剥离下来的，经过塔非麦一个半月打磨钻孔而成的弯弯曲曲的珍珠母。

X 为一节细银棍，上面镶着一颗翠绿的石榴石，这颗宝石是塔非麦的珍藏。

Y 以象牙雕刻而成，形似鲤鱼尾巴。

Z 则是软质玛瑙经过红沙与蜂蜡的反复磨制而成的。

项链的末尾是一粒小巧的绿色铜矿石、一块未经雕琢的绿宝石原石、一块自然形态的水晶以及一颗绿色的陶珠；接下来是四块象牙片，它们由大到小排列，就像多米诺骨牌一样；随后是三颗外表很粗糙的石珠，两颗边缘已经锈蚀的软铁珠；最后，项链以一粒色彩斑斓的非洲古珠圆满收尾，在银扣的扣合下完美闭合。每一颗珠子、每一个字母，共同组成了这串独一无二的魔法项链。

在人类文明的发展过程中，文字经历了象形字、楔形文字、卡努里文、埃塞俄比亚文等多个阶段。不同国度拥有各自独特的语言与文字，但随着时间的流逝，许多美丽的文字都逐渐失传了。不过，经典、简单的 26 个字母却传承至今。现在的孩子进入学校后，依然会用清脆的声音唱着“A、B、C、D……”的字母歌。正是在这些字母的帮助下，孩子们才慢慢领会到了语言和文字的美妙之处。

正如特古麦所说，这是一项伟大的发明，人类会永远铭记着这一里程碑式的贡献。直至今日，当我们在纸上书写着不同的字母时，仿佛还能听到瓦嘎河水的潺潺流淌声，听到特古麦一家人轻快的说笑声……

特古麦的传奇，在河畔悄然诞生，
昔日荣光宛如流水，静静绵延，永不止息。
布谷鸟的啼鸣打破晨曦的宁静，
阳光洒满生机盎然的梅格山丘。
心中的伤痕在时光的抚慰下渐渐愈合，
欢声笑语再次在这片土地上回响。
塔非麦在翠绿的草地上轻盈起舞，
萨里郡的春之歌在她脚下悠扬。
蕨草编织的花环戴在她头上，
金发在阳光下闪烁，随风飘动。
她的眼眸明亮如星辰，
穿着鹿皮鞋，步伐轻盈优雅。
湿木头上升起浓烟，
那是女儿向远方父亲发出的思念信号，
然而那声声呼唤，却难以穿越千山万水。
特古麦心中满是对女儿的牵挂和忧虑，
他毅然踏上寻找的征途，
心中只有一个信念，
那就是女儿能平安归来，再次重逢于河畔。

第十章 禁令是怎么产生的

1

清晨，塔非麦和特古麦一同踏入森林，开始狩猎。塔非麦那天真活泼的性格使她难以保持安静，她在枯枝败叶上欢快地跳跃，随手折断树枝，甚至从陡峭的河岸滑下，跳入水坑，溅起一片片水花。她的每一个动作都伴随着巨大的声响，惊动了原本他们想要捕捉的獾、鹿、松鼠、河狸和野兔，使它们纷纷逃离了狩猎的区域。

面对这种情形，塔非麦表达了她的歉意："爸爸，真的很抱歉。"特古麦叹了口气，回答道："道歉无法改变已经发生的事实：松鼠已经消失、河狸也失去了踪影、鹿和野兔更是难觅踪迹，你本应当受到惩罚，但考虑到你的认错态度和我对你的爱，我决定原谅你。"此时，他注意到一只松鼠正在白蜡树上梳理毛发，便轻声对塔非麦说："塔非麦，如果你现在能保持安静，那只松鼠或许会成为我们的午餐。"

塔非麦好奇地左顾右盼："午餐？它在哪里？请告诉我它的位置！"尽管她试图保持安静，但她的声音还是在不经意间提高了几分，使那只松鼠受到惊吓，迅速逃离了现场，消失在了苏塞克斯郡的密林之中。

特古麦有些生气，开始思考如何给塔非麦一个合适的教训。是严厉地批评她，还是再提醒她一下？就在他犹豫之际，一位头戴鹰翎的智者走进了树林。

他是特古麦部落的酋长，不仅精通各种法术，还是塔非麦亲密的朋友。他关切地询问特古麦："你为何看起来如此烦恼？"特古麦向酋长详细讲述了塔非麦在森林中的行为。酋长听后摇了摇头，头顶的鹰翎和额饰发出轻微的声响。他安慰道："这件事我们可以稍后再讨论。不过，特古麦，我有一件重要的事想与你商议。"

"请讲，酋长。"特古麦恭敬地回应道。

两人随即坐下，酋长开始讲述："我们部落在瓦嘎河捕鱼已久，但近年来由于过度捕捞，河中鱼儿数量大幅减少。因此，我提议颁布一项严厉的禁令，在接下来六个月内禁止任何人在河中捕鱼。你觉得这个提议如何？"

特古麦表示赞同："这是一个非常明智的决定，尊敬的酋长。但如果有人违反禁令，我们应该如何处置呢？"

"对于违反禁令的人，"酋长回答道，"我们将用木棍、荨麻和泥块来警告，让他们深刻认识到自己的错误。如果他们仍然不知悔改，我们将在他们的后背上刻上部落的图腾以示惩罚。特古麦，跟我一起回去宣布这道禁令吧。"

特古麦跟着酋长回到部落，他们吹响了牛角号和海螺，敲响了圆鼓,声音传遍部落的每个角落,召唤族人前来。塔非麦作为酋长的朋友,也被特别允许参与其中,她欢快地敲响了一面小鼓。

当部落成员齐聚此处时,酋长用浑厚的声音宣布了一个重要的决定:“我们亲爱的特古麦部落啊,瓦嘎河——这条养育我们的母亲河,如今因过度捕捞而疲惫不堪,河中的鱼儿都在颤抖。因此,我宣布,从现在开始,直到六个月后的今天,任何人都不得在瓦嘎河中捕鱼。禁止捕鱼的范围不仅包括河心,还包括河岸、岛屿和河边的每一处泥塘。为了确保禁令的执行,任何人都不得携带捕鱼工具靠近禁捕区十步以内。这是一条重要的禁令,它关乎我们部落的未来和生态的平衡。哦,部落里的勇士们,请立即行动起来,立起禁忌柱,以此警示每一个族人,让所有人明白我们的决心。”

禁忌柱被人们竖在瓦嘎河畔,那儿正是塔非麦与特古麦创造字母表的地方。禁忌柱由一整根巨木雕刻而成,柱顶有一只用椴木雕琢的圆润河狸,被人们用钉子牢牢固定住。河狸下方雕刻着四只飞禽:一对野生鸭子,其中一只正在一心一意地孵着蛋;一只麻雀,以及另一只未能辨识的鸟。飞禽的下面是一只兔子、一只鼬鼠和一只疑似狐狸或狗的生物,最下面是两条游弋的鱼儿。在禁忌柱的另一侧,则雕刻着河狸、獾、牛以及马的形象。

环绕禁忌柱的绳索上端固定在两条鱼的下方,象征着禁渔期。若酋长下令限制狩猎其他动物,绳索便会调整到该动物形象的下方。

绳索下方的柱身上绘制着两幅黑色人形画像,位置靠上的人形容枯槁,象征着违反禁令的不法之徒;而下方的人则体态丰腴,代表了遵守规矩的模范族人。

还有一个值得注意的细节——禁忌柱的底部镶嵌了六个铜环，寓意着特古麦部落将经历长达六个月的禁渔期。

最后，整个部落都为酋长的智慧和决断而喝彩，相信特古麦部落的未来和瓦嘎河的生态都将更加美好。

2

完成这些事务后，特古麦回到了家中，而塔非麦则留在了酋长的洞穴里。她对这条新颁布的禁令充满了好奇，因为之前从未听说过这样的规矩。她忍不住向酋长询问道："禁令存在的真正意义是什么呢？"

酋长耐心地解释道："禁令的存在是为了维护我们部落的和谐。对于违反者，我们将会按照部落的规矩进行惩罚，可能是棒打、鞭打，或者是在他们的后背上用尖锐的贝壳刻上部落的图腾。"

塔非麦听后灵机一动，问道："那我可以拥有属于自己的禁令吗？只是闹着玩儿的那种。"

酋长看着塔非麦好奇又充满期待的眼神，微笑着点了点头："既然你有这样的想法，那我可以为你制定一条小小的禁令。"

他从一堆魔法饰品中取出一条用粉色珊瑚制成的项链，递给塔非麦说："这是只属于你的禁忌项链。当你将它放在你的物品上时，别人便无法触碰它，除非你取下项链。但请注意，这仅在你自己的山洞内有效。如果物品被放置在不正确的地方，项链的禁忌之力便会失效。”

塔非麦满心欢喜地接过项链，接着问：“如果我对我父亲使用这条禁忌项链，会有什么效果呢？”

酋长说：“这我可说不准，每个人的反应都会不同。或许他会突然趴在地上大喊大叫，或许腿会不由自主地抽筋，或许只是来回走几步，说两句后悔的话。如果要解除禁令，可以揪三下他的头发。但无论如何，我建议你不要滥用这个禁令，以免伤害到家人之间的感情。”

“那我妈妈呢？”塔非麦继续追问。

酋长回答：“对于妈妈，我们部落有着特殊的尊重。她们肩负着我们的饮食起居，如果给她们设下禁令，那就是对她们不敬。因此，在妈妈的身上，我们不会设下任何禁令。”

塔非麦点了点头，又问道：“那您知道我爸爸有什么禁令吗？万一我违背了那些禁令怎么办？”

酋长惊讶地看着塔非麦：“你的意思是，你爸爸从未告诉过你他的禁令吗？”

“对，”塔非麦回答，“他从不禁止我做什么，只是偶尔会说‘不行’。”

酋长笑了笑说：“或许他认为你年纪还小，需要自己去探索和理解。不过，如果他知道你有一个真正的禁令，那么他一定也会限制你的一些行为。”

塔非麦又提出了一个有趣的请求：“如果您不介意，我希望这条禁忌项链能拥有一种神奇的力量——只要我将它悬挂在花园里的玫瑰花上，任何未经我允许进入花园的人都不能出来，除非他们向我赔礼道歉。”

酋长微笑着答应了：“当然可以，这是你的禁忌项链，你有权决定它的力量范围。现在，你可以放心地去测试它的魔力了。”

塔非麦开心地说：“谢谢您，我这就去试试。”说完，她蹦蹦跳跳地离开了洞穴。

在吃午饭前，塔非麦回到了家。特束麦并未像以往那样询问塔非麦的行踪，而是直截了当地说：“塔非麦，你回来了，准备吃饭吧。”她注意到了塔非麦胸前挂着的禁忌项链，但并没有多问。

特古麦在篝火旁等待用餐，他同样注意到了塔非麦的变化，但也没有过多询问。这种特殊的待遇让塔非麦心中涌起一股自豪感。

环顾四周，她确认了自己的物品都摆放在正确的位置——鲨鱼骨针和鹿筋线装在用河狸皮制成的工具袋里，桦树皮鞋放在墙角，木棍打造的长矛和投枪竖在门口，装午餐的篮子挂在墙上。于是，她迅速摘下颈间的禁忌项链，轻轻挂在了平日里用来打水的小木桶上。

这时，特束麦提出了一个请求：“特古麦，能否麻烦你打一桶清水来？”

特古麦立即站起身，顺手提起那只挂着禁忌项链的小木桶。他刚一提起，便猛地跌倒在地，痛苦地呻吟、翻滚着。

特束麦立刻关切地问道：“特古麦，你怎么了？是不是不小心违反了什么禁令？”

特古麦懊悔地说道：“是的，我违反了禁令！”

特束麦转向塔非麦，严肃地说：“这一定是因为你那条禁忌项链，塔非麦。去，揪三下你爸爸的头发，否则他会一直痛苦下去的。”

塔非麦听从妈妈的指示，走上前去揪了三下爸爸的头发。

特古麦渐渐恢复了平静，他感叹道：“塔非麦，这条禁忌项链威力惊人，你是从哪里得到的？”

塔非麦解释道：“这是我从酋长那里得到的。”

特古麦点头：“那他未曾提及手势禁令的事吧？”

“确实没有。”塔非麦摇头，“他只说，如果您知道我有一个真正的禁令，一定也会限制我的一些行为。”

“是的。”特古麦肯定地说，“我将为你设定一系列让你震惊的禁令——包括荨麻禁令、手势禁令和黑白禁令——有十几条。现在，请仔细看着。”

他伸出右手，手指在空中如蛇般扭动，“这条禁令是禁止你在用餐时乱动。如果你违背了，便会像我刚才那般痛苦。”

3

晚饭时，塔非麦端端正正地坐着，举止优雅得体。特古麦则举起右手，五指并拢，向塔非麦解释道：“这是‘静止’的禁令手势。无论何时何地，只要我摆出这个手势，你必须立刻停下你手头的事情。无论你是在修补衣物、行走还是攀爬，都必须保持静止，直到我给出解除的信号。”

接着，特古麦轻轻挥动右手，在空中画出一个流畅的弧线，“这便是解除的信号。一旦你看到这个动作，就可以恢复先前的活动。”

塔非麦好奇地问：“那是否有特定的物品来发布禁令呢？”

“有的，就是这条红黑相间的项链。”特古麦回答道，“当我发现猎物，如鹿或野兔，并需要你静止时，如果我无法直接走到你面前发出禁令，我会向你头顶射出一箭作为信号。”

“那我如何知道您发现的是哪种猎物呢？”塔非麦进一步追问。

特古麦详细解释：“通过观察我的手势。比如，鹿在逃跑前会跳跃三次。”他边说边用手画了三个圈模仿鹿跳跃了三下，塔非麦点头表示理解。

“如果我轻轻抖动食指，那便是发现了兔子。”特古麦继续说明。

“哦，我明白了，兔子就是那样奔跑的。”塔非麦模仿着抖动食指的动作。

“如果是松鼠，我会缓慢地摇动我的手臂，模仿它们在树干上攀爬的样子。”

“对，和松鼠一模一样。”塔非麦回应道。

“如果是水獭，我会将手臂平稳地伸直到空中。”特古麦演示道。

“嗯，就像水獭在水中游动的姿态。”塔非麦说。

“如果是河狸，我的手会张开……”

“模仿它们受惊时尾巴拍打水面的场景。”特古麦还没说完，塔非麦便抢先回答了。

“但请注意，这些手势都不是禁令，只有‘静止’禁令是你必须严格遵守的，这是我们部落的一项重要规矩。”特古麦强调。

此时，正在一旁忙着缝制鹿皮的特柬麦插话道：“塔非麦，我同样有权对你实施‘静止’禁令，比如在你吵闹或晚睡时。”

塔非麦好奇地问：“如果我违反了禁令，会有什么样的后果呢？”

“通常情况下，你并不会违反。”特古麦回答道。

“但如果我真的违反了呢？”塔非麦追问。

“那么，你将会失去那条禁忌项链，并把它归还给酋长。而且，你就不再叫塔非麦了，我们可能会为你取一个新的名字。此外，我们还可能会暂时与你保持距离。”特古麦严肃地告诉塔非麦。

“唉，这些禁令可真古板。”塔非麦叹息道。

“如果你不想遵守，可以选择把项链归还给酋长，表达你渴望自由生活的愿望。这样，大家都知道你是个不守规矩的坏孩子了。”特古麦提议。

“不，我还是想多了解些关于禁令的事情。”塔非麦说，“我能否拥有一些独特的禁令呢？例如可以操控整个部落那种。”

“不行，你现在年纪尚小，这样的能力并不适合你。”特古麦拒绝了她，“你现在拥有的那条粉红色的项链已经足够特别了。”

“那就再多告诉我一些关于禁令的事情吧。”塔非麦央求道。

“但我此刻确实有些疲惫了，女儿。”特古麦打了个哈欠，“在日落之前，我需要休息。傍晚时分，我们会外出捕兔子。你可以通过询问你的妈妈，了解更多关于禁令的事情。看到你如此自觉地遵守禁令，我深感欣慰。从今往后，我便无须再频繁地提醒你了。”

塔非麦与妈妈在庭院中交谈了许久，直至夕阳西下。随后，塔非麦唤醒了爸爸，两人整理好狩猎工具，一同向密林深处进发。经过她精心照料的小花园时，塔非麦取下了颈上的禁忌项链，将它轻轻地挂在了一簇盛开的玫瑰花上。

“你预计会捕获到什么猎物？”特古麦好奇地问她。

塔非麦神秘地一笑，回答：“待会儿回来就知道了。酋长说，任何擅自闯入花园者将被永久囚禁于此，直到我亲自解除禁制。”父女二人并肩穿越森林，越过瓦嘎河上倾倒的大树，来到一个只有蕨类植物而没有其他树木的山坡上。那里是兔子的乐园。

“记住，从今天开始，你要遵守部落的禁令。”特古麦不忘提醒塔非麦。

当塔非麦在草丛中欢快地跳跃、不时提问时，特古麦立即做出手势，示意她静止。塔非麦瞬间定住，连悬在空中的手也静止不动，双眼紧盯着父亲。特古麦直到走了一段距离过后，才转身向塔非麦发出了解除禁令的手势。

塔非麦小心翼翼地穿过草丛，一只兔子突然从她面前蹿出，她正准备投掷木棍，却看见父亲再次示意她静止。她立即停下，半张着嘴，高举着木棍，维持着投掷的姿势。兔子向特古麦奔去，被他迅速捕获。特古麦走到塔非麦面前，在她额头上亲了一下，满意地说：“真是个听话的好孩子。塔非麦，我很享受和你一起狩猎的时光。”

不久，又有一只兔子从草丛中探出头来。特古麦并未察觉，但塔非麦的目光紧紧锁定了目标。她明白，如果爸爸没有惊扰兔子，那么这只兔子或许会朝她跑来。于是，她鼓起勇气，抬起手臂，向爸爸做了一个静止的手势。特古麦立刻停住，他的一条腿还悬在空中，正要跨越树墩。兔子从塔非麦身边掠过，刚好被她用棍子打中。塔非麦激动极了,甚至忘记了解除禁令,让爸爸单腿站立了两分钟。解除禁令后，他走过去，将塔非麦抱起来，在空中旋转了一圈，欣喜地说："塔非麦，你不愧是我的女儿，我真为你感到骄傲！"

4

夜幕降临，父女俩满载而归，捕获了五只兔子、两只松鼠和一只河狸。塔非麦打算用河狸的皮来制作一个小袋子。（新石器时代的人只能用河狸的皮来制作袋子，因为当时还没有金钱的概念，所以需要的物品，如袋子等，都只能自己做。但在今天，猎杀某些动物获取它们的皮毛来制作商品也是一项禁令。）回家的路上，特古麦担心晚归会使妻子担忧，便告诉塔非麦前方有火光，催促她加快步伐。

塔非麦欢快地向前跑去。特古麦却突然听到树林中传来了响动，只见一匹灰狼从暗处蹿出，跟在了塔非麦身后。特古麦部落的人对狼怀有深深的敌意，一旦遇到便会毫不留情地攻击，特古麦迅速追了上去。灰狼听到他的脚步声后，退回到树林之中。虽然狼惧怕成年人，但它们仍会在附近徘徊，试图找机会伤害部落里的孩子。

当塔非麦来到家门口时，她惊讶地发现一个高大的身影站在她的花园里。夜色朦胧，她看不清那人的面容。她兴奋地跑向花园，高喊："看，我的禁忌项链果然有效！"

这时，特古麦严厉地命令道："塔非麦，停下！我下了静止的禁令！"塔非麦立刻停下脚步，一手高举着捕获的河狸，一手紧握棍子，转头看向父亲，等待他的下一步指示。

这是塔非麦经历过的最漫长的一次静止禁令。特古麦走向树林，一只手紧握斧头，另一只手依然做着禁止的手势。

塔非麦注意到一团黑影悄悄地从树林中接近，她的心猛地一跳。只见父亲的斧头从她肩头掠过，直击那团黑影。同时，从花园中也飞来一把石斧。随着一声凄厉的哀嚎，灰狼被击中，倒在了地上，再无生气。

特古麦迅速走过来，紧紧拥抱住塔非麦，并连吻了几下。他激动地宣布："塔非麦，我以特古麦部落的名义发誓，你是我的骄傲。你猜猜，我捕获了什么？"

塔非麦摇了摇头，回答道："我也说不太清楚，我猜它是一匹狼。不过我相信，你不会让我受到任何伤害的。"

"真是个好女儿！"特古麦赞许道。他弯下腰，从地上捡起两把斧头，其中一把散发着神秘的绿色光芒。他惊讶地喊道："这是酋长的绿岩魔法斧！"

此时，花园中的男人发出了声音："我今天下午无意中踏入了你的花园，直到被玫瑰花上挂着的禁忌项链困住，这才意识到我违反了禁令。因此，我只能等待塔非麦回来解救我。”他头戴鹰羽帽，颈上挂着海贝饰品——正是酋长。

酋长突然连连后退，脸上露出懊悔之色，连声说：“我违反了禁令！”接着，他向塔非麦深深鞠躬，鹰羽帽几乎快碰到地面了，“哦，特古麦的女儿，我目睹了你刚刚经历的一切。你真是个守规矩的好孩子。一开始，我还有点儿生气，因为从下午开始，我就被你困在花园里了。这样做好玩儿吗？”

塔非麦低声说：“酋长，我设置这条禁令并非为了玩乐。我只是想测试一下禁令是否有效，没想到，这么小的禁令竟然把您这位酋长给困住了。”

酋长笑着原谅了她：“我早就告诉过你，这条禁令肯定灵验。不过没关系，这是我送给你的礼物，我也不会因此生气。看到你一直遵守着你爸爸的静止禁令，我想，这个部落的绝大多数人都做不到你这样，特别是在树林中蹿出来的大灰狼想要攻击你的时候。”

塔非麦好奇地问：“酋长，那您想如何利用这张狼皮呢？”部落中有这样一个规矩：被酋长的绿岩魔法斧砍到的猎物是属于酋长的。

酋长回答道：“当然是送给你，我要为你制作一件过冬的衣物，还要用灰狼的獠牙和爪子给你打造一条独一无二的项链。此外，我还打算将你的事迹以及这道禁令刻在木板上，作为部落少女学习的典范，让她们懂得遵守规则的重要性。”

随后，三人一同返回洞穴。特束麦准备了丰盛的食物款待他们。到了塔非麦回自己的小洞里面休息的时候，特古麦和酋长打算来给她说声晚安。但一进塔非麦的房间，他们就开始嬉戏打闹起来，还不小心碰掉了挂在墙上的长矛和弓箭。特束麦听到后，立即进来严厉地喝止：“站住！别动！再闹我就对你们下静止禁令！这么吵，孩子怎么能安心睡觉？”于是，两人乖乖地向塔非麦道了晚安，而塔非麦也安然入睡了。

从那以后，塔非麦严格遵守着每一条禁令。她学会了在用餐时专心，不再玩弄餐具；在有长辈来访时彬彬有礼，不再盯着陌生人看；在有人借用她的东西时保持冷静和耐心。但最让她感到骄傲的，还是那道静止禁令，她从未违背过，即使内心再怎么煎熬也能克制自己。这也是她爸爸无论去哪里都愿意带上她的原因。

第十一章

螃蟹为什么戏海

1

当我们的世界刚刚开始运转的时候，一位无所不能的大魔法师成了世界的主宰。他将天地分开，将水流引入大海之中，又在陆地上创造了数不清的崇山峻岭。最后，他将动物们带到了世界上。

“你们可以在陆地和大海里安心地住下来。”大魔法师说道，“如果你们愿意，能找到不少乐趣呢。”

“能找到什么乐趣呢？”动物们七嘴八舌地说，“我们刚来到这个世界，什么都还不明白呢。告诉我们吧，大魔法师先生！”

大魔法师说，“我可以给你们取不同的名字，让你们拥有不同的身份，给你们分配不同的任务。比如，我给你取名为大象。”他轻轻抚摩着一只动物的鼻子。“至于你呢，我会让你扮演一只河狸。”大魔法师用手指点了点河狸那光滑柔顺的皮毛。“你会成为一头奶牛，专门生产牛奶。”大魔法师拍了拍奶牛的脊背，随后又转向了下一只动物，“从今天开始，你的名字就叫作乌龟，你会成为一只合格的乌龟，对吗？”

乌龟慢吞吞地点了点头，驮着自己的龟壳爬到水边去了。

大魔法师给所有的动物都取了新名字，并给它们分配了不同的任务，等他好不容易歇下来的时候，天色已经黑了。大魔法师满意地看着大地上的所有动物，点了点头，正打算回去休息一会儿，就看到地平线的尽头走过来一大一小两个人影。不一会儿，他们就走到了大魔法师面前。

“您好，尊敬的大魔法师先生。”走来的男人彬彬有礼地说，他带着一个小女孩，那是他的女儿，“您在这里忙碌一天了，我非常好奇，您究竟在忙活些什么呢？”

“亚当之子,在这里见到您真好。”大魔法师说,“我正在忙着创世，但是您帮不上我的忙。您是个聪明人，而聪明人通常不愿意遵守创世的游戏规则。”

亚当之子笑了起来，他向大魔法师微微鞠躬，说道：“您非常了解我，大魔法师先生。尽管我不愿意受限于创世的游戏规则，但我非常愿意与您一同参与这个游戏。如果您能让所有的动物都臣服于我，我将不胜感激。”

亚当之子和大魔法师专心地交谈，他们谁也没有注意到，一只小螃蟹悄悄从他们脚边爬了过去。这只螃蟹一直躲在角落里，它不愿意让大魔法师为它指派任务。

“创世？哼，我才不愿意参与这种游戏呢！”小螃蟹嘀咕着，一头钻进了海水里，“我不会臣服于任何一个人类，不管是大魔法师，还是亚当之子。”

被亚当之子背在肩上的小女孩轻轻地歪了歪头，她的目光一直跟随着那只溜进海里的小螃蟹。她有些诧异，但是她什么也没有说。

2

等大魔法师和亚当之子谈妥以后，大魔法师向着天空轻轻地吹了一口气，一朵云飘了下来，慢悠悠地落在了大魔法师面前。他登上云朵，准备前往各地，检查动物们的工作成果。

大魔法师首先前往的是世界的北方，大象正在那里辛勤地劳作着。它不断地用象牙挖掘着泥土，将一块块泥土堆积成小山以后，再用脚踩实。看到大魔法师乘着云朵飘过，大象伸出了自己的长鼻子，向他打招呼。

“看看我的工作成果吧，大魔法师先生。”大象说道，“这就是您希望我做的事情，对吗？”

“没错，我的朋友。”大魔法师点了点头，他向着大象堆出的土山念动咒语，很快土山就被一寸寸拔高，直至高耸入云，变成了一座巍峨的山峰。

大魔法师乘着云朵离开了北方，飘向了东方。他看到奶牛正在一片森林里徘徊，不时伸出舌头，卷起嫩绿的树叶和枝条放进嘴巴里。不一会儿，整片森林都被它吃光了。奶牛心满意足地坐了下来，咂巴着嘴，仰头看向了大魔法师的方向。

“您好，大魔法师先生！”奶牛说，“请您评价一下我的工作吧！”

“你做得很好，亲爱的奶牛！”大魔法师连连点头，说道，“你让我们的世界变得更加丰富多彩了！”

大魔法师向着奶牛所在的地方吹了一口气，那片光秃秃的森林瞬间变成了辽阔干燥的沙漠。

大魔法师离开了这片沙漠，继续向远处飞去。这一次，他的目标是遥远的西方。不一会儿，他就看到河狸正忙着给大河筑造水坝。

“大魔法师先生，您来了！”河狸扬起头来，冲着半空中的大魔法师喊道，“您觉得我的工作怎么样？”

“你做得非常好，河狸！继续做下去吧！”大魔法师热情地回应着。他对着河边郁郁葱葱的树木和毫无涟漪的水面吹了一口气，树木和河水转眼间就变成了沼泽。

接着他来到了南方，看到了在沙滩上忙碌的海龟。海龟挥动着它短短的四肢，刨出了所有它能触碰到的沙子，然后将它们全都倾倒进了大海里。

“大魔法师先生，您看我干得怎么样？”

“非常棒！”说完，大魔法师对着海水里的沙子吹了一口气，那些沙子瞬间汇聚起来，变成了美丽的岛屿。

大魔法师这趟旅程的终点是霹雳河畔，他看到亚当之子正在河边漫步，于是从云朵上轻轻落了下来，向亚当之子点头微笑：“您好，我的朋友！您对目前的状况满意吗？动物们是否全都听从您的安排呢？”

“亲爱的大魔法师朋友，我觉得非常好，所有的动物都听从我的安排。”亚当之子愉快地回应道。

“那么，大陆是否听从您的安排呢？”大魔法师又问。

亚当之子点了点头，对这个问题表示肯定：“是的，大陆也完全听从我的安排。”

“那我再问问您，大海是否听从您的安排呢？”大魔法师追问道。

“不，大海似乎有它自己的想法。”亚当之子皱起了眉头，“每当清晨和傍晚来临，海水涨潮，大量海水就会灌进霹雳河，冲垮桥梁，冲向黑森林，将我的房子吞没在浪花之中。我必须等到退潮时，才能回到我那湿漉漉的房子里，清除淤泥和垃圾。这确实给我造成了严重的困扰，我的大魔法师朋友，您能不能想办法帮我解决这个问题呢？”

“天哪，我的朋友，我对此毫不知情！”大魔法师吃惊地说，“但我看到远处的海水又涌过来了，这可太糟糕了，我们赶快避一避吧！”

果然，海水再次涨潮，呼啸着冲进了霹雳河，淹没了黑森林和亚当之子的房子。

大魔法师感到非常恼怒，他叫道：“我敢保证，一定是某个动物违反了我们的规则！我一定会将它找出来，好好给它一个教训！我的朋友，请您务必照顾好您的女儿。我们现在就乘坐木船前往大海深处！哼，我真是一刻都等不及了！”

海水渐渐退去，大魔法师、亚当之子和小女孩一起乘上了木船，驶向大海。他们随着海浪经过了马六甲海峡、新加坡和印度尼西亚，最终驶进了大海深处。

3

大魔法师站在木船中央，对着蔚蓝的大海放开喉咙喊道：“世界各地的动物们，你们听着！在这个世界的秩序刚刚建立时，我给你们分配了各自的任务，嘱咐你们要辛勤工作，共同建设我们的世界。但是现在，我发现一个动物正在违反规则，用海水搞恶作剧！到底是谁？站出来！”

世界各地的动物们都望向大海的方向，异口同声地回答道：“我们从来都没有违背过您的意思，尊敬的大魔法师先生！我们都在认真履行自己的职责，从来没有违反规则，更没有用海水搞恶作剧！”

动物们话音刚落，一轮圆月缓缓地升上了天空，柔和的月光洒向海面。只见月亮上坐着一个佝偻的渔夫，他正忙着纺织自己的渔线呢。

“月亮渔夫，是不是你在用海水搞恶作剧？”大魔法师问道。

“当然不是我。”月亮渔夫矢口否认，“我要纺织渔线，每天都忙得不可开交。等我的渔线织好的那一天，我就用这根渔线将整个地球钓起来，将整个世界都收入囊中。所以，我才没有时间搞那些荒唐的恶作剧呢！”

回答完大魔法师的话，月亮渔夫继续埋头纺织渔线了。可是他没有注意到，月亮上突然有一只老鼠悄悄地溜上了他的小船，爬到了他的脚边，咔嚓咔嚓地啃咬起了刚刚织好的渔线。月亮渔夫织一段，月亮老鼠就啃一段，怪不得他的渔线永远都织不完呢。

“月亮老鼠，是不是你在用海水搞恶作剧？”大魔法师问道。

“吱吱,我？我才不会做那种事呢！”月亮老鼠细声细气地说,“我每天都要出来啃月亮渔夫的渔线，我也忙得不可开交呢！”

就在这时，亚当之子的女儿忽然开口:“亲爱的大魔法师先生，请您听我说句话。您给动物们分配工作的那天，我亲眼看到一个小动物悄悄从您脚边溜走，钻进了大海里。当时您正在和我爸爸说话，完全没有注意到。我猜想，那个动物逃避了您分配的任务，也许就是它在用海水搞恶作剧。”

“原来是这样！谢谢你，好孩子，你帮了我一个大忙！”大魔法师高兴地说,“如果你能告诉我，那个逃避任务的动物长什么样子，那就更好了。”

“让我想一想……嗯，我记得那个动物的个头很小，圆鼓鼓胖乎乎的，挥舞着两只大钳子，背着硬邦邦的壳儿，有数不清的腿，总是耀武扬威地横着走路。”小女孩仔细地回想着。

“我明白了，你说的就是螃蟹！”大魔法师脱口而出,“螃蟹会躲到哪里去呢……我想到了！快，我的朋友，把船桨交给我，我带你们去找螃蟹！”

亚当之子将船桨递了过去，大魔法师向着海水漂流的方向使劲划桨，不一会儿就划到了大海中央。世界上的动物几乎不会来到这里，只有大魔法师知道，这里有一个巨大的洞，洞底就是地球的核心。如果从洞边弯腰看进去,还能看到一棵结着两颗具有魔力果子的神树呢。

4

大魔法师站在大洞的边缘，伸手探进洞里，摸到了一个硬邦邦的东西。没错，螃蟹就藏在这里！螃蟹探出头来，想看看是谁打扰了它的清梦。很快，海水神奇地涨了起来。为什么会出现这种现象呢？其实跟当你把手放进一个盛着水的盆里时，盆里的水位会升高是一个道理。

“我知道了，正是因为螃蟹出入这个洞，导致海水涌入又涌出，这才淹没了黑森林和您的房子！”大魔法师对亚当之子说道。随后，他皱着眉头看向螃蟹：“你为什么要违反我们的规则，用海水搞恶作剧？”

“我可什么都没有做，你们不要诬陷我。”螃蟹回答道，“我只不过是每天早晚离开这里去觅食，难道这也不被允许吗？你们可没有权力干涉我的正常生活！我现在要回洞里休息了，请不要来打扰我！”螃蟹挥舞着它的蟹钳，不满地吐着泡泡。

大魔法师瞪大了眼睛，毫不畏惧挥舞着的蟹钳。他说：“螃蟹，难道你真的不知道你的所作所为会引发什么样的后果吗？每当你离开这个洞时，海水会涌入洞里，导致其他地方的海平面下降。万一有小鱼小虾停留在浅滩，它们就会被突如其来的退潮留在岸上，最终被渴死。等你觅食结束，回到洞里，洞里的海水就会涌出洞口，海平面迅速上涨，冲垮堤坝、冲毁桥梁，还不止一次地淹没了黑森林和亚当之子的房子。

如果你再这么肆无忌惮地令海水起起落落，后果不堪设想！”

“咦？我从未意识到，我居然这么了不起！”螃蟹惊讶地说，随即笑了起来，“既然这样，你们以后可得小心了！只要我愿意，我可以一天进出这个洞七次。哼，到时候整个世界就等着天翻地覆吧！”

“别做梦了，我会阻止你的！”大魔法师坚定地说，“我知道，你在创世的时候违反了规则，逃避了我为你分配的任务。可是现在，你必须老老实实地听我的话。如果你不愿意，那就比比看我们谁更厉害吧！”

螃蟹挥舞着蟹钳，在月光的照耀下，它的体形猛然变大，很快就变得比原来大了几十倍。它耀武扬威地吼道：“你想和我比比看吗，大魔法师？那就瞧着吧！我是大海中数一数二的螃蟹，无论什么样的利刃都无法穿透我的蟹壳。如果我向大陆爬去，所有的动物都无法阻碍我！当我站起来的时候，我会比火山冲起的烟雾更高，你们都只能仰望我的身姿！”

螃蟹一边说，一边站起了身子。就在这时，它挥舞的蟹钳无意中碰到了洞里那棵大树的树梢。一颗果子随着螃蟹的移动被带出了井外，恰巧落入了小女孩怀中。

这颗果子里蕴含着无穷的魔法，据说能够让人永葆青春。小女孩拿起自己的金钳，三两下就撬开了果子的硬壳，挖出了果仁。

“准备好了吗？伟大的大魔法师，现在我们就瞧瞧看，到底是谁更厉害吧！”螃蟹说着，竭尽全力地挥动着那双巨大的蟹钳，摆动着八条蟹腿，但就算螃蟹拼命划动身边的海水，也只激起了几朵小小的浪花。

“你只不过是一只自以为是的小螃蟹而已。”大魔法师冷冷地说。他向螃蟹施了个魔法，它的蟹壳便开始脱落，最终只剩下柔软的身躯。

大魔法师轻而易举地捉住了这只小螃蟹，说道：“你还认为自己是什么了不起的动物吗？如果我将你带到北方的群山下，大象只需要一抬脚，就能把你踩得粉碎。”

“不，不，别这样对我，亲爱的大魔法师先生！”螃蟹慌了神，恳求道，“请您将我放回洞里吧！我保证，我以后绝对不会用海水搞恶作剧了，以后我每天只从洞里出来一次，这样行不行？”

“不行，我们压根儿就不信任你。”大魔法师斩钉截铁地说，“你以为你会收敛吗？你只会被海水中蕴藏的巨大威力冲昏头脑，一次次地从洞里爬进爬出，将世界搞得天翻地覆！”

“不管怎么说，请您放我一条生路吧！”螃蟹可怜巴巴地说，“您已经剥夺了我那身坚硬的蟹壳，使我再也没办法保护自己了。万一我在海里碰到鲨鱼或其他凶狠的动物，那可怎么办？要么被饿死，要么被咬死，我只剩下这两条路了！”

大魔法师沉思了一会儿，点了点头：“鉴于你不遵守规则、恶意玩弄大海，我们一定会对你进行惩罚，但是我也会保护你，确保你的生命安全。从今往后，我允许你自由地藏匿于大海的每一块石头下、每一株水草边、每一个小洞里，这样你的天敌就没有办法伤害你。”

“好吧，我接受！”螃蟹点了点头，说道，“既然您已为我提供保护，那么也请亚当之子为我做些事情吧！毕竟，要不是他干扰了您为动物们分派任务的工作，也不会引发后来的诸多纷扰。”

亚当之子同意了螃蟹的要求，他说："我可以为你提供庇护所，螃蟹。从现在开始，海洋和陆地都将是你的栖身之处，你可以自由选择生活的地方，无论在哪里都可以。"

"谢谢你，那么接下来，我要求小女孩也送给我一份礼物！"螃蟹接着说，"小女孩当时明明看见我溜走了，她为什么不叫住我呢？如果她那样做了，我们也不会闹成现在这个样子。"

"你可真是个狡猾的螃蟹。"小女孩摇了摇头,取出了自己的金钳，"既然这样，我就将这把金钳作为礼物送给你吧。当你外出觅食的时候，你可以用它剪下枝头上的果子；当你爬上陆地的时候，你可以用它挖掘沙土；当你碰到天敌的时候，你也可以用它保护自己。"

"谢谢，我非常喜欢这份礼物。"螃蟹随即又转向了大魔法师，"大魔法师先生，您看！虽然我有了这把金光闪闪的钳子，却失去了我的盔甲，一旦和其他动物发生冲突，我肯定会没命的。如果您能够将我的蟹壳归还给我，我一定会对您感恩戴德，并且永远遵从您的指示！"

"希望你遵守诺言吧。"大魔法师说道，他一挥手，螃蟹便再次长出了一身坚硬的蟹壳，"这身蟹壳可以陪伴你十一个月，一年中有一个月，蟹壳会失效。这是为了提醒你，不要试图和大自然的规则抗争。要知道,你现在拥有的东西已经够多了,你可以在海里和陆地上自由行走,你可以用金钳和天敌抗争。即便遇到强大的敌人，你也能够在石头下、水草边、小洞里找到藏身之所。实际上，你的生存条件已经比其他动物优越多了！"

"我会永远记住您的话，并且由衷地感激您，大魔法师先生。"螃蟹谄媚地说着，并向大魔法师微微鞠了一个躬，但是大魔法师能够感觉到，它内心仍有些不情不愿。大魔法师伸出手指点了点螃蟹，吹了一口气，螃蟹很快就变成了一只绿色的小螃蟹。螃蟹飞快地摆动着自己的八条腿，跑到小女孩身边，冲她大喊道："快把金钳给我！"小女孩拿它一点儿办法都没有，只好将它从水中捞出来，放在自己的手心，小心翼翼地将金钳放在了它的蟹钳上。螃蟹有些费力地举起了金钳，整个身子都摇摇晃晃的，但它显然非常高兴，兴冲冲地唱起了一支歌谣："剪刀蟹钳亮又亮，爬树摘果我都行，打洞睡觉能避风，小小螃蟹了不起！能上岸，能下海，能钻石头和小洞……"

大魔法师、亚当之子和小女孩都忍不住笑了起来。螃蟹向他们使劲挥了挥蟹钳告别，随后就跳进了水里。它现在小得像一颗小石子儿，要是不留心，完全注意不到它的存在。

"这件事总算结束了！"大魔法师舒展了一下身体，感慨道。

"可我们现在得回去。"亚当之子轻轻叹了一口气，"要是再让螃蟹去钻那个洞，就能让它来控制海水的起伏，我们就不用费力地划船回去了，随着波浪就能不费吹灰之力地到家了。"

"您应该在您女儿面前做出好榜样，而不是碰到任何事情都想着投机取巧，我的朋友！"大魔法师责备道，但是他深知亚当之子的脾气，只能无奈地摇了摇头，"算啦，我再帮您最后一次。月亮渔夫，你能用你的渔线系住我们的船吗？要是有你帮忙，亚当之子就用不着自己划船了，他会非常感激你的！"

"不，等一等，月亮渔夫，让我再说一句话。我的大魔法师朋友，

既然您愿意帮助我，那么就将好事做得更彻底一些吧！从此以后，您每天都让海水起落两次，这样不是更好吗？我可以在固定的时间出行，再也不用费劲划船了！”亚当之子说道。

“亚当之子，我真是拿您没办法。好吧，一切都按照您说的办。”大魔法师笑着点了点头。

5

月亮渔夫将渔线放进了大海里面，稍微一用力就让所有海水都流动了起来。在浪花的推动下，亚当之子不用动手划船，他们的小船也能缓缓前行。小船驶过海洋中心，途经新加坡，从马六甲海峡驶出，最终稳稳地停靠在霹雳河畔。

“您对我的工作满意吗，尊敬的大魔法师先生？”月亮渔夫问道。

“非常好，以后就这样做吧，月亮渔夫！”大魔法师肯定地说，“每天让海水起落两次就足够了，可千万不要超过这个数字，否则，就会像螃蟹那样惹出麻烦！”

从这天开始，月亮渔夫就开始兢兢业业地工作了。他每天都会将自己的渔线放在大海里，牵着海水起落两次。后来，人们就把这种例行的海水起落称为涨潮和退潮。月亮渔夫的工作态度非常认真，可是他的技术不太熟练，偶尔会使潮水的幅度过大或者过小。后来，人们就会将不同幅度的潮水称为大潮与小潮。

而那只螃蟹呢？它现在已经能够轻松地在海水里和陆地上生活了，还经常藏身在石头缝里、水草丛中、棕榈树的枝叶之间。如果你想找到它，必须非常仔细才行。每隔一年，它的蟹壳就会出现软化现象，这种现象会持续一段时间，这是大魔法师对螃蟹的警示。

航运的船只必定穿越螃蟹所在的海域，
包括 BI 公司旗下的豪华邮轮，
亦无一例外紧邻地心深渊航行。
NYK 与 NDL 这两家航运巨擘，
对螃蟹巢穴所在之处了如指掌，
犹如经验丰富的海上捕鱼人，
对漩涡、暗礁等危险地形谙熟于心。
而那 ATL 的船队无缘此域，
这种情形真是颇为奇异；
O&O 与 DOA 的船舶亦须绕行，
另觅他途，避开这一传统航道。
至于铁锚、东方、霍尔公司，
从未涉足过这片水域；
一旦发现旗下船只误入此地，
UCS 的管理层定会怒不可遏。
若比弗斯的货轮偏离航线，
放弃拉各斯转而靠近槟城海滨，

若索威尔的巨型客轮载客启程，
目标直指新加坡的异国风情，
若白星线某艘船只突发奇想，
偏离航道，短暂探访泗水风光，
若 BSA 某舰艇直奔井里汶而去，
劳埃德船级社将迅速介入，
以缆绳牵引，助其回归本土港湾。

第十二章 猫为什么喜欢独来独往

1

在很久以前，人类尚未登上食物链的顶端时，所有的动物都和平地生活在一起，它们全都是大自然的孩子。狗、猫、绵羊、奶牛……它们全都自由地生活在野外，无须为人类工作，只需自行觅食。所有的动物都相处融洽，只有猫和大家不一样。猫是一种性格孤僻的动物，它讨厌社交，不愿意和其他动物交流。

和动物们不同，人类生活在山洞中。他们已经学会了用动物皮毛缝制衣服，掌握了使用火的技术，女人还会一种神奇的魔法。这天傍晚，一对人类夫妇将他们珍藏的羊肉穿在木棍上，架在熊熊燃烧的火堆上烤得香气四溢，又撒上野生辣椒和切碎的葱进行调味。吃饱喝足以后，他们舒舒服服地躺了下来。

“我对我们现在的生活感到非常满意！”丈夫愉快地说，“我敢保证，烤羊肉是世界上最好吃的东西！”他闭上眼睛，没过多久就打起了鼾。

但是，他的妻子一点儿睡意都没有。她没有理会酣睡的丈夫，而是自顾自地坐了起来，一遍又一遍地梳理着自己的头发。梳理完毕后，她伸手拿起了山洞角落里的一块羊骨，注视着骨头上刻画着的复杂符号，添了一把柴火，随后合上了眼睛，低声念诵起一段咒语。

渐渐地，生活在森林里的动物都不约而同地朝这个方向走了过来。它们探头探脑地注视着山洞里的火光，好奇地议论着。

“到底发生什么事了？”野马嘀嘀咕咕地说道，它不安地踢踏着蹄子，在草地上踱来踱去，“这些人类平时就对我们不怀好意，但是他们通常并不会燃起这么高的火焰。难道他们想做些什么不同寻常的事？会对我们构成威胁吗？”

“让我来为大家探探路吧。”野狗自告奋勇地说，“你们都知道，我的鼻子很灵敏，可以轻松嗅出空气里的各种味道。如果人类想要耍什么花招，肯定会被我发现。现在，我闻到了他们山洞里传出的香喷喷的烤肉味，我都有些等不及了。猫，咱们两个一块儿去，好吗？”

“为什么要叫上我？”猫没好气地说，“我一点儿兴趣都没有，还是你自己去吧。”

“你可真是个没礼貌的家伙！”野狗气愤地说，“从此以后，我再也不会帮你任何忙了！”说完，野狗就撒开腿，头也不回地向着山洞的方向跑去了。

猫在原地犹豫了一会儿，还是慢慢地迈开四条腿，跟在了野狗的身后。它虽然不愿意和野狗拉近关系，可它也有自己的想法：“我只是对山洞里的事情感到好奇，这才跟上去的。我会小心翼翼地观察周围的动静，绝不会让野狗发现！”

猫一边这样想着，一边跟紧了野狗。

2

野狗一路小跑，很快就到了山洞门口。它警惕地将脑袋探进山洞里，打量着周围的动静。突然，它看到了火堆旁剩下的肉骨头。野狗的双眼一下子亮了起来，它翕动着鼻子，努力嗅着山洞里的肉香味。

女人抬起头来，看到了洞口处探头探脑的野狗，她将手里的羊骨头轻轻放下，忍不住轻声笑了起来。

“欢迎你，我的野狗朋友。”她微笑着说，“我能否为你提供帮助呢？”

“我只是路过这里而已。”野狗粗声粗气地说，“别以为我不知道，你们人类全都不怀好意。但是……但是你们到底在做什么好吃的呢？为什么闻起来这么香，让我直流口水？”

女主人笑着拿起了一块肉骨头，向野狗扔了过去，说道：“这是肉骨头，放心吃吧，不用和我们客气。”

野狗连忙向肉骨头扑了过去，狼吞虎咽地吃完，意犹未尽地说：“还有吗？这种食物太好吃了，请再给我一些吧！”

女人笑眯眯地看着野狗，用一种蛊惑的声音说道：“如果你喜欢这种食物，那就留下来吧。只要你愿意，白天跟随我丈夫外出打猎，晚上保护我们免受野兽的袭击，我就可以满足你所有的要求，无论你想吃多少肉骨头都行。”

“哼，这就是她的阴谋诡计。”藏在山洞外的猫咕哝着，“我早就看穿了她的心思，恐怕愚蠢的野狗还被蒙在鼓里吧。”

野狗毫不犹豫地答应了女人的要求，它将腰背低低地俯了下去，用脑袋不断蹭着女人的手，亲昵地对她说道：“我一定会忠诚于您，亲爱的女主人！以后，我白天会跟随男主人外出打猎，晚上会保护你们免受野兽的袭击，请您相信我吧！”

“瞧它那副卑躬屈膝的样子！”猫不屑地哼了一声，转身离开了洞口。它穿过大森林，回到了自己的住所。而野狗则留在了人类的山洞里。男人醒来以后，诧异地看了看妻子，又看了看野狗：“亲爱的，这只野狗为什么在这儿？你不怕它伤害你吗？”

“从今以后，我们不用再担心它会伤害我们了，亲爱的。”女人微笑着说，“它也不再是野狗了，而是我们的第一位动物朋友，同时也是我们最忠实的朋友。你明天出门打猎的时候，带上它一起吧。”

次日傍晚，男人和狗打猎还未归来，女主人已经结束了一天的劳作。她带回了几捆新鲜干净的青草，放在山洞里。在火焰的烘烤下，青草逐渐干燥，散发出幽幽清香。女主人坐在洞口，一边哼着歌，一边编着缰绳。完成手中的活计后，她又拿起那块绘有复杂图案的羊骨头，念诵起了咒语。

动物们不知不觉地又一次聚在一起，它们交头接耳，讨论着野狗为什么一去不返。野马焦急地看着它的同伴们，不断用蹄子踢踏着地面，说：“不行，我必须去看看。猫，你陪着我一块儿去，好吗？”

猫哼了一声，转过头去，懒洋洋地回答：“我一点儿兴趣也没有。不管你想做什么，都别叫上我。”

“你可真是只不好相处的猫！”野马气愤地说，它不愿再理会猫，扬起四蹄向着山洞的方向跑了过去。

“哼，愚蠢的家伙。”猫在心里想，“等会儿你就会知道人类夫妇想要做什么了。”

等到野马的身影消失在树林中，猫才轻手轻脚地跟了上去。它小心翼翼地缩在山洞外，仔细听着里面的动静。

“欢迎你，我的野马朋友！”女人热情地说，“我猜你是为了你的朋友而来，对吗？”

“是的。”野马板着脸回答，“别以为我不知道，你们人类全都不怀好意。是你们抓走了野狗吗？快点儿把它放了！”

可是，山洞里萦绕着一股新鲜干草的淡淡清香，对野马来说极具吸引力。它忍不住吸了吸鼻子，目光在山洞里扫来扫去。

“着什么急呢，我的朋友！”女人笑着说，“如果你是为了野狗而来，我很快就会让你们见面。在此之前，你为什么不享用一点儿清甜的干草呢？”

“我很乐意尝一尝。”野马高兴地说，将蹄子踏来踏去，“那么，谢谢您了，夫人！”

“事实上，如果你愿意戴上这根缰绳，成为我们家的一员，我保证你每天都会吃到源源不断的清甜干草！”女人拿出她刚刚编好的缰绳，说，“试一试吧，为什么要拒绝充裕的食物呢？”

野马认为女人所说的话非常有道理，赞同地点了点头，将脑袋伸进了缰绳的环里。它任由女人坐在自己的脊背上，温驯地说：“我愿意为您效劳，我亲爱的女主人。”

“这个家伙真是太蠢了，它和野狗一样没出息！”猫冷冷地说，它不再关注山洞里的动静，转身回到了大森林里。由于猫根本没有朋友，所以它没有将这件事告知任何一只动物。

这时，男人带着狗回到了山洞里，看见被缰绳拴住的马，他吓了一跳：“这又是怎么回事，亲爱的？”

“让我为你介绍一下吧。”女人欣喜地说，“这是我们的新朋友，马。它会为我们分担所有繁重的工作，你出门打猎时也可以骑在它的身上。我想它会非常乐意的，对吗，马？”

“是的，我亲爱的主人。”马已经吃饱了，它冲着男人谦卑地低下了头。

男人对此高兴极了，他将狗拴在山洞门口，将马拴在山洞外，心满意足地点了点头，走进山洞里休息了。

3

第三天黄昏时，女人又准备好了丰盛的食物和那块神奇的羊骨头。咒语生效以后，一头奶牛缓缓地走到了他们的山洞外，它眼巴巴地看着山洞里成捆的干草，期待地说：“请您留下我吧，女主人！只要能让我每天都吃到足够的干草，我愿意为您做任何事情！”

等到天色彻底暗下来的时候，男主人骑着马、牵着狗回到了山洞。女主人轻轻抚摸着奶牛的脊背，说：“我们现在拥有一头奶牛了，你觉得高兴吗，亲爱的？从明天开始，你每天早晨出门之前，都可以喝到热乎乎的鲜牛奶了。”

猫悄无声息地从山洞外离开了。当然，这一次它咒骂了没骨气的牛。

第四天傍晚，猫照例悄悄地溜到了人类居住的山洞外，它想瞧瞧这次会有哪只动物来向人类摇尾乞怜。时间一分一秒地过去，却没有任何动物靠近山洞。忽然，猫嗅到了一股香甜的味道，它偷偷向山洞里看去，是新鲜的牛奶！猫忍不住咽了一下口水，它多么渴望能喝到牛奶啊！

“晚上好，夫人。”猫走进了山洞，说道，“我知道你们人类全都不怀好意，但是，你能不能分我一点儿牛奶喝呢？”

“不，我们的山洞不欢迎你，野猫。”女人冷冰冰地说，“你最好回到大森林里去，我们的山洞里没有多余的位置了。我已经拥有了一条狗、一匹马、一头奶牛，对我而言，这就足够了。”

“你怎么能对我这样无礼？”猫不高兴地说，“你以为我和那些俯首帖耳的家伙一样吗？才不是呢，我是一只骄傲的、独来独往的猫！我只想喝几口你的牛奶，并不想留下来成为你的仆人！”

“那你为什么一连好几天都躲在我们的山洞外？”女人说。原来，她早就清楚猫的动向了。

“好啊，是谁告密了？是不是那条心怀叵测的狗？”猫怒气冲冲地说。

“当然不是狗，别再继续追问了。无论如何，你都不可能成为我们的朋友！”女人坚决地说，“你还是赶快离开吧，既然你不愿意做我们的仆人，那么大森林才是你最好的归宿。”

“可是，可是……”猫露出了委屈巴巴的表情，长尾巴不停地晃动着，“可是大森林里太冷了，我也找不到足够的食物。为什么你不能让我跟在你的身边呢，善良美丽的女主人？我不会给你添麻烦的，真的，我只想找个地方取暖，喝点儿香喷喷的牛奶。你怎么会忍心拒绝我呢？”

“这可真是一件有趣的事情，还从来没有谁夸过我善良美丽呢。”听到猫的这番话，女人忍不住笑了起来，“你真是一只狡猾的猫。这样吧，我们来做个约定。如果你能够想办法让我夸你一次，我就让你留在山洞里。”

“我的目的可不仅仅是留在山洞里。”猫说，“如果你夸了我两次呢？”

“我不太相信你能做到。”女人摇了摇头，“如果你真的做到了，那我就会在火堆旁为你准备一个舒服的猫窝。”

“很好，这正是我所期望的。”猫说，“如果你夸了我三次呢？”

“我认为这样的事情不可能发生。”女人说，“既然你非要问，那我就告诉你吧。如果我夸了你三次，那么我每天都会为你准备一碗牛奶。”

“我们一言为定，谁也不许反悔！”猫满意地说，“瞧着吧，我一定会做到的。门帘、火堆和牛奶罐都将是我的见证者！”说完，猫就昂首挺胸地离开了。

不久以后，男人和马、狗一起回到了山洞里。女主人不确定丈夫是否会喜欢猫，因此并没有将今天发生的事情告诉他。一开始她还担心猫会在她丈夫在家的时候闯进山洞里，但这种担忧显然是多余的。接下来的一段时间里，猫再也没有造访过他们的山洞，女人一家过着平静的生活，她几乎忘记了与猫的约定。

猫依然没有亲密的动物朋友，不过它经常和自己的蝙蝠邻居聚在一起交谈。天黑以后，蝙蝠就会悄悄飞出巢穴，四处盘旋，将它听到的所有消息与猫分享。

“猫，我有个大新闻要告诉你！”蝙蝠欣喜地说，“你还记得住在山洞里的那对人类夫妇吗？他们生下了一个可爱的孩子！”

“真的吗？这可真是一桩大事！”猫的眼睛亮了起来，“你知不知道人类孩子都喜欢什么呢？”

“人类孩子喜欢的东西可多啦，比如温暖柔软的东西，还有毛茸茸的东西。这对夫妇所生的孩子非常活泼，对周围的一切都充满了好奇！”

“如果是这样，我就知道该如何取悦女主人了！”猫立刻就琢磨起了这件事。

次日清晨，男主人照例外出打猎，马和狗都跟在他的身后。女人留在家里洗衣做饭，操持家务。正在她忙碌的时候，那个小婴儿却哇哇大哭起来。女人被这孩子弄得头疼不已，又没有时间陪他玩耍，只好将孩子放在山洞口，嘱咐他乖乖地坐在那里玩石子儿。

可是，连一岁都不到的孩子怎么能听懂妈妈的话呢？宝宝不高兴地将石子儿扔得到处都是，又一次哭了起来。这时，一直藏在山洞外的猫轻轻地走了过来。它温柔地蹭了蹭宝宝的脸颊，用自己毛茸茸的长尾巴逗他玩耍，还与他依偎在一起取暖。宝宝有了新的玩伴，很快就不哭了，甚至含着手指咯咯地笑了起来。正在忙碌家务的女人听到了孩子的笑声，不由得松了一口气。

“女主人，您瞧！”蝙蝠扇动着翅膀，轻轻落在女人身边，“如果没有这只来自森林的动物，您的孩子恐怕很难高兴起来呢。”

“你说得一点儿都没错！”女人愉快地说，“我要出门看看是什么动物帮了我的忙，它实在是太能干了，我一定要好好地感谢它。”

女人正要走出山洞，挂在洞口的门帘忽然“吧嗒”一声掉在了地上。门帘见证了女人和猫之间的约定，它正在用自己的方式为猫证明呢。女主人俯身拾起了门帘，恰好看见猫大摇大摆地走了进来。

“我听到你夸我了，你可别想抵赖。”猫笑眯眯地说着，舒舒服服地躺在了山洞中央，一点儿都不把自己当外人，“根据我们的约定，从现在开始，我也可以住在你们的山洞里了。尽管我不愿意和人类同住，但是你们的山洞宽敞又温暖，我很乐意住在这里。”

经猫这么一说，女人立即想起了自己曾经说过的话。她并不愿意让猫住进家里，可是她又没有其他的办法，只好慢吞吞地低头纺线。这时，宝宝意识到自己又被忽视了，于是他深吸一口气，再次大声哭了起来。

女人赶紧放下手中的活儿，跑过去照顾孩子，可是不管她怎么拍怎么哄，孩子的哭声始终没有停下。猫在一旁看了一会儿，咂咂嘴说道："我可真为你担心，你一点儿都不会照顾孩子。这样吧，你照我说的做。你去取一根细线来，一端绑上一只小小的纺锤，之后你就用不着担心了。只要孩子看到了这个小玩意儿，他就会为此着迷，马上就不哭了。"

女人也没有其他更好的办法，只好听从了猫的话，准备了一根系有小纺锤的细线。猫叼着细线的另一端，一会儿往上抛，一会儿往低掷，一会儿将它丢到山洞外，一会儿又一路小跑，将它捡回来。宝宝含着自己的手指，好奇地看着猫跑来跑去。他也想参与其中，于是摇摇晃晃地追上了猫的脚步，模仿着它爬来爬去。一直到天色昏暗，两个小家伙儿才气喘吁吁地停了下来。小宝宝依偎在猫柔软温暖的怀抱里睡着了，梦中还露出了一个淡淡的微笑。猫轻轻地发出了呼噜声，用下巴蹭着宝宝的小脑袋。这是只有它才会唱的催眠曲，比人类所有的摇篮曲都动听。

"今天真是要谢谢你了。"女人凝望着孩子的睡颜，轻声说道，"如果不是你，我真不知道应该怎样照顾他。幸亏你这么聪明，猫！"

"我听到了什么？你又夸了我一次，是不是？善良美丽的女主人。"猫忍不住笑了起来。这时，山洞里响起了噼啪噼啪的火星飞溅声。原来，这是火堆正在发表自己的看法呢，它也认为猫又赢了一局。猫舒舒服服地盘卧在温暖的火堆旁边，伸了个懒腰。

“谢谢你，伟大的女主人。”猫说，“虽然我依然是一只独来独往的猫，但是我绝不会拒绝温暖的地方。”

女人意识到自己被猫利用了，非常不高兴。她解开了自己的长发，拿起了羊骨头，准备借用魔法的力量将猫赶出去。但是她还没来得及说出咒语,就听到一阵吱吱声,从角落里钻出了一只通体漆黑的大老鼠。

“老鼠！”女人尖叫一声，吓得跳到了椅子上。

“咦，你为什么这么惊讶？”猫懒洋洋地说，“我还以为是你用魔法召唤出了这只老鼠，想让它来对付我呢。”

“不，不，不，我太害怕老鼠了！”女人尖叫道，“天哪，我该怎么办？”

“你不介意的话，我可以帮你抓住这只老鼠。”猫舔了舔自己的爪子，慢悠悠地说，“你怎么想呢，女主人？”

“请你快捉住它吧，亲爱的猫！”女人焦急地说，“别让它在山洞里乱窜了，我快要受不了了！”

猫如同闪电般蹿了出去，一爪就按住了那只胆大包天的老鼠。女人这才从椅子上跳下来，她感激地说道：“谢谢你，猫！我都不知道你抓老鼠这么在行，以前狗也帮我们捉过老鼠，可是它远远不如你！”

这时，桌子上传来了砰的一声响，原来是牛奶罐翻倒了，还在桌子上滚了两圈。女人立刻明白了，这是牛奶罐在为猫做证呢。

猫跳上了桌子，津津有味地舔起了牛奶，骄傲地说：“你已经夸奖我三次了，亲爱的女主人。现在，我可以实现我全部的愿望了。我将会住在你们的山洞里，在火堆边取暖。当我饿了时，可以尽情地享用你们的牛奶，可我依然是一只独来独往的猫。”

女人笑着点了点头，给猫倒了满满一碗牛奶，说道：“你可真是个小机灵鬼！没错，我会兑现我的承诺，但我并不清楚我丈夫会怎么想。等他傍晚打猎回来，你再问一问他吧。你最好在他面前表现得友好一点儿。”

“友好？我？那不可能！”猫冷哼了一声，“别以为我和狗、马、奶牛那些家伙一样，我可是一只自由的猫！你们只需要把牛奶以及火堆旁边的位置留给我，其他的事情，什么都不要管！”

猫打定了主意，女人也不好再说什么。等到夜幕降临的时候，男人和动物们回到了山洞里，女人将今天发生的事情一五一十地告诉了他。

男人的脸色有些不好看，他瞥了猫一眼，将斧头、铁锹和木头逐一摆在桌子上，又脱下了两只靴子，冲着猫挥了挥，威胁道：“如果你坚持要留在这里，我也不会阻止，但是你必须要答应我们，你在这里住着的每一天，都要尽职尽责地帮我们抓老鼠，否则你就等着瞧吧，我会用这五件东西将你赶出山洞。不光是我，所有的男人碰见你，都会用它们砸你的头！”

听了这番话，女人满意地说：“没错，猫，你应该照我丈夫说的做。”

猫打量了一会儿那五样东西，又打量了一会儿这个身材壮硕的男人，不情不愿地点了点头，说道：“我会帮你们捉老鼠的，对我而言，这是一项简单的工作。但是，我并不是你们的仆人，我依然是一只独来独往的猫！”

男人听了这句话，勃然大怒，说道：“你住在我们的山洞里，居然还敢这样说？哼，我原本打算像朋友一样好好对待你，可是现在，我改变主意了。以后我会随身携带这五样东西，只要你出现在我面前，就别指望我会对你有好脸色！”

猫正要开口反驳，却被旁边的狗抢先了，它说：“猫，既然你知道如何照顾孩子，那就竭尽所能，好好陪伴宝宝。如果你做不到，我也绝不会放过你，我会追你、咬你、挠你的皮毛，其他的狗也一样。你好好想一想吧！”

狗露出了牙齿，一脸凶相。猫看了它一眼，勉强点了点头，说道：“好吧，我非常喜欢这个小宝宝，你提出的这些要求我都会答应。但是，我绝不是这孩子的保姆，我依然是一只独来独往的猫！”

听了猫的回答，狗也生气了，它汪汪大叫着说：“你实在是太可恶了！哼，我原本打算像朋友一样好好对待你，可是现在，我改变主意了。以后只要你出现在我的面前，我就会对你不客气，其他的狗也一样！”

狗的话音刚落，就冲着猫扑了过去。男人也紧随其后，将手里的两只靴子和斧头狠狠砸向了猫。幸亏猫反应迅速，一溜烟儿地跑到了山洞外，狗和男人根本追不上它。

直到今天，男人和狗都对猫保持着粗暴的态度。而猫始终住在人类的居所里，耐心地帮助人们照顾孩子，尽职尽责地抓老鼠，但它仍然认为自己是一只独来独往的猫。

猫咪轻巧跃至火炉旁，喵呜声悦耳动听，
又蹦上树顶嬉戏，自由自在乐无边。
手里玩弄着线团木塞，欢快无比，
猫步轻盈优雅，身姿婀娜惹人赞。
而我心中最珍贵的，当属聪明小宾奇，
它的一举一动都充满智慧，与我情深似海。
如同山洞主人与忠诚的狗，永不分离，
宾奇这朋友，真是我心中的珍宝。
猫咪漫步时留下爪印，模样格外可爱，
一旦喵呜起来，尾巴便翘得老高，
本性如此，调皮捣蛋难以捉摸。
而宾奇性格温顺，从不厌烦，
无须多言，它便能领会我心意。
猫咪蹭我膝盖看似情深，捉鼠行动才露真心，
夜里庭院中忙碌，整夜不归游荡在外。
猫咪之心有时难懂，但我深知，
宾奇才是真朋友，一直守护在我身旁。
听着它的呼噜声，我安心入梦乡，
宾奇，永远是我心中最重要的存在。

第十三章 蝴蝶为什么总爱跺脚

1

很久很久以前，一位名叫所罗门的国王统治着我们这片土地。他是一位英明智慧的君主，上知天文，下知地理，还拥有和动物交流的能力。因此，许多人都说，所罗门其实是一位无所不能的大魔法师。如果他转一圈右手中指上的那枚戒指，便能召唤出恶魔与精灵，吩咐它们去做任何事情；如果他将戒指转两圈，便能召唤出九天上的仙女，吩咐她去做任何事情；如果他将戒指转三圈，那么天堂里的所有天使都会赶到他的身旁，听他的吩咐去做任何事情。

尽管所罗门的法力深不可测，但他是一个品行端正、谦逊善良的人。他从来不会滥用自己的法力，总是真诚善良地对待身边的每一个人。这天，所罗门突发奇想，打算在自己的王宫里举办一场宴会，邀请所有的动物参加。所罗门准备了充足的食物，但他万万没想到，宴席上竟然出现了一只可怕的动物，它风卷残云般吃光了长桌上的所有食物。

“天啊，你的食量真是可怕！”所罗门瞪大了眼睛，“你叫什么名字，来自哪里？”

“我来自深海，尊敬的所罗门陛下。”眼前的怪物回答道，“您不必知道我的名字，因为我的两位兄长比我更加了不起。我们听说您设宴款待动物们，所以就动身赶来了，我第一个到，我的哥哥们随后就来。”

“不，不，如果他们的食量也和你差不多，那我真不知道该怎么办了！”所罗门惊呼起来，“毕竟，你刚才吃完了我准备的所有食物。”

“您准备的食物只有这么一点儿吗？”怪物有些瞧不起所罗门，“那您可别再邀请深海的客人了。要知道，我们深海动物的食量一个比一个大，我还算是食量小的呢！”

“真是对不起，你的话我记住了，朋友！”所罗门连忙说道，“我之所以邀请全世界的动物来参加宴席，其实是为了炫耀我作为国王的富有。但是你的到来使我明白，我所拥有的一切根本不值一提。谢谢你让我明白这个道理，我以后再也不会这么做了！”

怪物冲着所罗门点了点头，转身就消失了。

2

对于所罗门国王来说，这还不算是最稀奇的经历呢！在过去，他总共经历了三百五十五桩奇特的事情，每一件事都令人觉得不可思议。瞧，现在，所罗门又碰到了一件令人头疼的事。

所罗门的王后是一位漂亮贤淑的姑娘，她的名字叫作巴尔卡丝，所罗门深爱着她。但是身为国王，所罗门必须娶无数的妃子，以此证明他的地位比所有人都高。所罗门王宫中的妃子总共有九百九十九位。

这些妃子的性情各不相同，稍有不合就相互谩骂，所罗门的王宫也因此被闹得乌烟瘴气。每当他踏入王宫，总会有一群妃子哭着来找他主持公道，有时候还会与他争吵起来。在心烦意乱的时候，所罗门就会去找他的王后谈谈心。王后从来不会和他发生争执，她总是安静地陪在所罗门身旁，在大殿中专心读书，或者在花园中赏花。

这一天，所罗门的妃子们又开始争风吃醋了。九百九十九位妃子展开了一场大乱战，她们轮流跑到所罗门身边，七嘴八舌地指责着其他的妃子，整整持续了三个星期。所罗门被吵得头都疼了，他逃出了王宫，跑进了花园，想找个地方好好地休息休息。

在花园里，所罗门看到王后正站在一棵橘子树下，他连忙向她走了过去。

“我亲爱的丈夫，所罗门陛下，您怎么离开王宫了？”王后惊讶地说，“难道是妃子们又惹您生气了吗？唉，您总是对她们一再忍让。如果您转动一下魔法戒指，让恶魔、精灵、仙女和天使对妃子们施加震慑，她们一定就不敢再吵架了。”

“不，我不能这么做。”所罗门长长地叹了一口气，说道，“一旦我有意炫耀自己的法力，事情的结果往往会变得很糟糕，这是动物宴席上的深海怪物教给我的道理。”

“可是，这么下去也不是办法啊。”王后也跟着叹了一口气。

“走一步看一步吧，如果我无法逃脱这样的命运，那就只能承受了。”所罗门沮丧地说，他没有再和王后多说什么，而是径直走向了花园深处。他拨开了散发着香味的玫瑰花枝、百合花枝，从一棵棵枇杷树、香蕉树之间走了过去，最后走到了一棵香樟树下休息。

王后一直不远不近地跟在所罗门身后，看到丈夫这副模样，她既担忧又难过，于是悄悄地钻进了不远处的百合花、鸢尾花、斑竹林间，决定帮所罗门想一个办法。

3

忽然，所罗门听到了翅膀扑扇的声音。他一抬头，就看到花丛中飞来了两只蝴蝶。它们看起来都凶巴巴的，仿佛正在吵架呢。

“你不知道我的本事吗？哼，我一旦跺脚发起脾气来，甚至可以让所罗门国王的王宫消失不见！”

小小的蝴蝶，居然敢夸下这样的海口！所罗门忍不住哈哈大笑了起来，将自己的烦心事全都抛到了脑后。他向蝴蝶伸出手，叫道：“小蝴蝶，到我这儿来。”

蝴蝶没想到香樟树下还藏着一个人，更没想到这个人是了不起的所罗门国王。它哆哆嗦嗦地飞了过来，慌张地说：“我不知道您在这里，所罗门陛下。”

“你非常怕我，是吗，小蝴蝶？”所罗门说，“既然你的胆子这么小，为什么要在你的妻子面前说大话呢？你跺脚的时候，不光不会让我的王宫消失，甚至连一片树叶都不会震落。难道你不明白这一切吗？”

蝴蝶从心底里敬重所罗门，它深深地低下了头。

“您说的都对，所罗门陛下。”蝴蝶说，“但我实在是忍无可忍。您知道，妻子一旦说起话来，就会喋喋不休，没完没了。”

“我确实深有同感。”所罗门点了点头，忍不住叹了一口气。

“我也希望和它好好相处，可它一唠叨起来，简直要命！我实在是无计可施了，才想到说大话吓吓它。”蝴蝶解释道。

“说不定我可以帮你实现愿望。”所罗门思索了一会儿，给蝴蝶出主意道，“先回到你妻子身边，听听看它现在会对你说些什么。”

蝴蝶飞了回去，它的妻子慌慌张张地迎了上来。

“天哪，我没看错吧？”妻子结结巴巴地叫道，“刚才叫你的那个人，真的是所罗门陛下吗？你说你要让他的王宫消失，他也都听见了？这真是太可怕了！他对你说了些什么？他有没有为难你？”

“不，国王陛下是个相当和蔼的人，他不但没有为难我，还嘱咐了我好些话。”蝴蝶得意扬扬地说。

“什么？他说了些什么？快告诉我！”妻子叫道。

“那么，你可不能告诉别人。”蝴蝶压低了嗓音，说道，“所罗门陛下说，他已经知道了我的本事，希望我千万不要在花园里随便跺脚。万一我让他的王宫消失了，他就得花一大笔钱重新修缮了。他还说，只要我不跺脚，一切都好商量。”

“他……他真的是这样说的？”妻子结结巴巴地问道。

尽管所罗门知道这只蝴蝶喜欢吹牛皮，却没想到它会说得如此夸张，几乎要忍不住笑出声来，幸亏他及时捂住了自己的嘴巴，没有发出声音。藏在百合花丛里的王后将这一幕看得清清楚楚，她想：“所罗门已经有好几天没有露出笑容了，难得他今天这么高兴。”

想到这里，王后萌生了一个好主意。她向着蝴蝶妻子招了招手，露出了一个淡淡的微笑。蝴蝶妻子认识巴尔卡丝王后，它连忙飞了过来，轻轻地停在她的手指上，献上了一个谦卑的吻。

“您好，亲爱的王后殿下！我能够为您做些什么呢？”蝴蝶妻子问道。

“你丈夫说，它跺一跺脚就能让所罗门的王宫消失，你相信它说的话吗，蝴蝶？”王后问道。

“那怎么可能呢？”蝴蝶妻子忍不住笑起来了，“您也知道，丈夫总是会夸大其词，将一分的本事说成十分的！”

“是的，你说得一点儿也不错。”王后点着头，也笑了。

看到王后也有同感，蝴蝶妻子又喋喋不休地说了起来：“这些男人总觉得妻子应该包容、崇拜他们，其实，我们心里清楚得很呢。就用我和我的丈夫来举例吧，我明知道它不可能让所罗门陛下的王宫消失，甚至连一片树叶都没办法震落，可我还是选择配合它。”

“你说得对，不过长以此往，它未免会变得越来越骄傲。如果下一次你要求它跺脚给你看看，会怎么样呢？”王后问道。

“下一次，我会试试看的！”蝴蝶妻子说着，扑棱着翅膀飞回了丈夫身边。它们短暂交谈了几句，果然又争执了起来。

“喂，你一点儿都不尊重我！”蝴蝶丈夫嚷道，“你想让我发脾气吗？我只要一跺脚——”

“既然你跺起脚来这么厉害，那就跺给我瞧瞧吧！”蝴蝶妻子毫不让步地说道。

“哼，我跺脚的后果非常恐怖，连所罗门陛下都恳求我不要这样做。为了他和他的王宫、他的子民，我才强行忍住的。”蝴蝶丈夫说。

“你真是个牛皮大王。”蝴蝶妻子不屑地说，“你连一片树叶都震不落！这番话要是让别人听见，肯定会笑掉大牙的。”

4

在蝴蝶夫妇吵架的时候，所罗门依然藏在香樟树下。他听到了蝴蝶夫妇的所有对话，笑得弯下了腰。王后远远地注视着所罗门的笑容，忍不住也微笑了起来。

蝴蝶丈夫说不过它的妻子，连忙飞来向所罗门求助，它喘着粗气说：“这下可糟糕了，所罗门陛下！我的妻子坚持要看我跺脚，如果我无法证明我说过的话，从此以后，我都没办法在它面前挺直腰杆了！这可怎么办？”

“别担心，小蝴蝶，我会想办法帮助你的。”所罗门笑着回答道，他摩挲着右手上的魔法戒指，将它轻轻转了一圈。他决心动用魔法，并不是为了解决自己的烦恼，而是为了帮助这只蝴蝶。

随着风声响起，四个身材魁梧的恶魔出现了。所罗门指了指蝴蝶，对它们说道："有一件重要的事情要让你们去办，我的朋友们。这只小蝴蝶遇到了困难，必须将我的王宫搬走才能解决。待会儿等它跺脚的时候，你们就帮它完成这件事吧。"

"是，陛下！"四个恶魔回应道。

所罗门对蝴蝶说："去吧，小蝴蝶。当你第一次跺脚的时候，它们就会搬走王宫；等你第二次跺脚的时候，一切都将恢复本来的样子。"

"谢谢您，所罗门陛下！"蝴蝶说道，扑扇着翅膀飞回了妻子身边。它还没来得及开口，妻子就大声质问道："你到哪儿去了？是不是害怕跺脚的谎言被拆穿，所以逃走啦？"

"既然你不相信我说的话，那就仔细瞧着吧！"蝴蝶说着，重重地跺了一下脚。只听到"轰隆、轰隆"的声音不断响起，所罗门的王宫果然飞到了半空中，大地上只剩下一片荒芜，连太阳的光芒都被空中的王宫遮蔽了。

"天哪！"蝴蝶妻子惊呆了，它慌乱地飞到那片空地上，不知所措，"亲爱的丈夫，我没想到你真的有这样的能力！对不起，我以后再也不会随便嘲笑你了，请你快把王宫变回来吧，这实在太可怕了！"

所罗门国王听后哈哈大笑起来，这一切都使他心情愉快，忘记了之前的烦恼。

"现在你亲眼看到了这一切，总该相信我的能力了吧？"蝴蝶丈夫骄傲地说，"我说过我能让所罗门的王宫消失，这不是说假话吧？我能施展的魔法还有很多很多，就连所罗门陛下自己都承认这一点呢！不过，为了不引起更大的混乱，我还是将王宫变回来吧！”说着，它再次跺脚，恶魔果然又将王宫放回了原地，日光再次温暖地投向大地，花朵芬芳，鸟儿啁啾，所有的混乱都结束了。

蝴蝶妻子简直不敢相信眼前发生的这些事情。它深情地吻了吻丈夫，说道：“谢谢你对我的包容，亲爱的，我以后再也不跟你争执了。”

所罗门也笑着说：“是的，你可真是一只了不起的蝴蝶啊！”

就在这时，花园外传来了一阵嚷嚷声。原来是所罗门的妃子们从王宫里跑到了花园中，她们正慌乱地叫着所罗门的名字。刚才王宫突然升到空中也把她们吓了一跳，她们还以为发生了什么灾难呢。

“发生了什么事，妃子们，你们为什么如此慌乱？”王后走了出来。

“刚才发生的事情太恐怖了，王后殿下！”妃子们七嘴八舌地说道，“我们原本好好地待在王宫里，忽然听到一声巨响，紧跟着，王宫飞到了空中，我们还看到四个恶魔，这到底是怎么回事？难道是我们的国家要毁灭了吗？”

王后笑着摇了摇头，说道：“你们误会了，什么事情都没有发生，这只是所罗门陛下和蝴蝶之间的小玩笑。一只蝴蝶在它的妻子面前夸下海口，声称自己能够让王宫消失，所罗门就帮了它这个小忙——”

“什么？只是为了给一只蝴蝶帮忙？”妃子们不可置信地说，“我们才不会相信呢！这肯定是某种灾难的预兆，说不定明天就是世界末日！”

“既然你们不相信，那就跟我去香樟树下瞧一瞧吧。”王后说。她带着妃子们，走到了香樟树下。她们果然看见两只蝴蝶正在绕着所罗门飞舞，叽里咕噜地对他说话呢。

所罗门微笑着向蝴蝶点了点头，说道：“你们说得都很对，亲爱的蝴蝶，感谢你愿意归还我的王宫，避免了更大的混乱。希望你们夫妇以后和睦相处，不再争吵。”所罗门轻轻地挥了挥手，两只蝴蝶就相伴飞走了。

所有的妃子都呆住了，她们面面相觑，不知道该说什么才好。原来，王后所说的都是真的，所罗门真的拥有移山填海的魔法！她们想起前几天，自己还在缠着所罗门大吵大闹，万一他真的发起脾气来，后果简直不堪设想！想到这里，妃子们都觉得心有余悸，她们纷纷溜回了王宫里，连大气也不敢喘。

王后则走向了香樟树后的所罗门，微笑着说：“祝贺您，我亲爱的陛下。所有的问题都得到了解决，从今天开始，你再也不用为那些妃子烦恼了。”

“发生什么事了，我亲爱的王后？”所罗门诧异地说，“我刚刚只是和两只蝴蝶说了一会儿话，并没有做其他事呀。”

王后笑了起来，将事情的经过原原本本地告诉了所罗门：“自从您走进花园，我就一直跟在您身后，我亲爱的丈夫。我听到了蝴蝶夫妇吵架的全过程，于是我对蝴蝶妻子提出了建议，让它要求它丈夫施展了不起的魔法。我知道，蝴蝶一定会向您求助，而您也一定会帮助它。您瞧，在您施展了魔法以后，所有的妃子都被您震慑住了。”

“原来是这样！”所罗门欣喜地说，“巴尔卡丝，你真是我所见过的最聪明的女人了！你巧妙地让我施展了魔法，既解决了我的烦恼，又帮助了蝴蝶夫妇！天哪，你是如何想出这个绝妙的主意的？”

“这非常简单。”王后微笑着说，“因为我怀着对您深深的爱，所以我可以轻易做到这一切。”

所罗门紧紧地握住了妻子的手，他们十指相扣，穿过花园，走过树丛，迎着夕阳的余晖，缓缓走回了他们的王宫……

穿越千山万水，漫游至世界的尽头，
巴尔卡丝王后的尊贵与荣耀，无人能及；
她与蝴蝶低语，轻声细谈，
宛如挚友间的亲密无间，交流自如。
自天地初开以来，
所罗门的智慧与权力，亦无人可超越；
他与蝴蝶对话，直抒胸臆，
犹如男儿间的坦诚相待，毫无保留。
他曾雄霸亚洲，威震四方，
她曾是尊贵王后，风华绝代——
他们在王宫花园中悠然漫步——
与那对蝴蝶共话。

第十四章 豪猪为什么长了一身刺

1

在诺亚方舟启航之前，动物们在一座辽阔的农场齐聚一堂。农场中央，一位身姿挺拔的女管理员正忙碌着为动物们梳理毛发。她制定了严格的规矩：梳理时，动物们必须保持安静、乖乖站好，否则将面临严厉的惩罚。因此，狮子静立不动，一身鬃毛被梳理得柔顺如金色的瀑布，威武雄壮，尾巴尖上还有个毛茸茸的球；马儿温顺地配合着，鬃毛被梳理得光亮如丝，马尾随风飘动；牛儿一动不动，就连那对粗壮的牛角也被擦得闪闪发亮；巨熊也纹丝不动，享受着梳理的过程，换来了顺滑的皮毛。

所有的动物都积极配合着，唯有一只动物焦躁不安，大声喊叫，腿儿乱蹬，显然不愿接受这样的梳理。女管理员多次耐心劝说，但这只动物坚决拒绝合作，它高昂着头颅，宣称自己不会在任何人面前屈服，宁愿保持原始的毛发状态。见它如此坚持己见，女管理员最终只能无奈叹息："既然如此，让它保持原样吧。"

等待登船的过程中，这只动物身上的毛发疯狂生长，变得厚重而坚硬。它的毛发末端锋利如刃，全身被尖锐的刺覆盖，尾巴也变成了一根巨大的尖刺。于是，它被称为豪猪。诺亚在得知此事后，要求豪猪在方舟启航前独自反省。

没过多久，动物们开始结伴登船。由于豪猪身上密布尖刺，它难以找到伴侣同行，只有它的兄弟——刺猬愿意陪伴在它身边。在之前的梳理中，刺猬表现得极为乖巧，因此它的刺短小整齐，这让豪猪心生不满。

豪猪和刺猬被安置在船舱底层，这里专为在夜间活动的生物而设，居住着蝙蝠、狗獾、狐猴、袋狸和猫头鹰等动物。诺亚的二儿子含是一个肤色黝黑的聪明人，负责管理这层舱房。

午餐时分，含提着一篮食物来到底层。他首先遇到了刺猬，刺猬正在捕捉蟑螂，它担心与豪猪同行会给自己带来麻烦，因为豪猪此刻正心烦意乱，随时可能乱发脾气。

含对此一无所知，只是照例分发着食物。当他来到豪猪的舱室时，它正躺在床上，浑身的刺抖动着，发出咔嚓咔嚓的声音。含友好地将食物递给豪猪，但豪猪愤怒地用尾巴抽打在含的右腿上。锋利的刺划破了他的皮肤，鲜血直流。

2

含拖着受伤的腿，艰难地跳上了摇摇晃晃的甲板，找到了正在掌舵的诺亚。

诺亚见到含突然出现，脸上露出了不解的神情："现在你理应在底舱分发食物，怎么会跑到这里来？"

含喘着粗气，尽量平静地解释道："我想找一个装曲奇的大铁盒。"

诺亚听后更加困惑："你找它干什么？"

"我在底舱被豪猪的刺扎伤了，大铁盒的盖子可以用来保护我。"

诺亚答应了含的请求。不久，含的母亲找来了最大的曲奇盒，还送了几块小甜饼给含。

含再次回到底舱，用曲奇盒的盖子护住受伤的腿，将小甜饼递给豪猪。豪猪狼吞虎咽地吃下小甜饼。当含要求豪猪道谢时，却被它冷漠地拒绝了。它猛地转过身，再次用锋利的尾巴狠狠地朝含抽打过去，结果打在大铁盖上，发出了清脆的响声。

含严肃地告诉豪猪："记住，不要因为肤色歧视任何人！当船到达非洲后，我将成为那里的帝王，统治着从拜尤达沙漠到贝宁湾的广袤土地。我还将是诸王之长，酋长、巫师，甚至追杀你的豪猪猎手都将听从我的命令。你也必须听从我的安排，待在你自己挖的山洞里，或是那些被遗弃的矿井中。如果你继续无礼，我会告诉豪猪猎手你的位置，让你无处可藏。"

豪猪被含的话吓住了，尾巴也不敢再甩动，乖乖地躺在床上。而刺猬在一旁专心地吃着蟑螂，听了含的话后，它感到很担忧：“看来我未来的日子不太好过。我和豪猪有些血缘关系，我以后也得和它一起住在山洞里了。但说实话，我不擅长挖洞。”

含安慰道：“你无须担忧，挖洞的事情自有豪猪去完成。当船到达非洲时，我会带领我们的队伍，包括那些威猛的大象、勇猛的狮子和其他各种动物，当然还有豪猪，一起下船去。你会被安排到我兄弟的领地，那里是一个被称为英格兰的美丽国家，灌木丛生，昆虫繁多。你将得到人们的喜爱，快活地在那儿生活。”

刺猬听后很高兴，随即又露出一丝忧虑：“多谢您的指点，那我还需要住在洞里吗？我真的不擅长打洞。”

“你可以巧妙地利用荆棘和枯叶，在茂密的矮树丛里筑起一个温馨的窝。每年的十月至次年的四月，你都可以安心在窝里冬眠。除了要小心那些心怀恶意的狗以及猎人，你几乎不必担心会受到其他动物的侵扰。”

刺猬听后感激地说了声谢谢，随后伸了个懒腰，又兴致勃勃地追逐它的蟑螂去了。

时间很快过去了，一切都按照含的预言发展。据我所知，从那之后，非洲人民在饲养豪猪时都表现得十分谨慎。他们会使用铁盒盖来保护自己，以防豪猪在吃饱后乱甩尾巴而误伤到自己。

好了，这个故事就讲到这里吧。现在，让阿姨来为你梳理那头乌黑亮丽的头发吧！

诺亚启航前，生灵聚农场，
管理员梳理，秩序井然忙。
狮静马鬃亮，牛壮熊皮光，
豪猪独倔强，不愿受梳妆。
尖刺长身起，独立展傲骨，
方舟底舱里，豪猪伴刺猬。
含来分发食，遇刺受伤回，
铁盒护腿伤，再入底舱行。
豪猪食饼傲，含严厉警告，
刺猬心担忧，兄弟共患难。
非洲学智慧，铁盒护人身，
方舟故事传，生命需尊重。
阿姨梳黑发，启示心中留。